D+

dear+ novel

aisare omega no konin, soshite unmei no ko・・・・・・・

# 愛されオメガの婚姻、そして運命の子

華藤えれな

新書館ディアプラス文庫

# 愛されオメガの婚姻、そして運命の子

contents

illustration：ミキライカ

# 背徳のオメガ
## 〜ロシア宮廷秘話

*Haitoku no Omega -Russia kyutei hiwa-*

いつも怖い夢を見る。

お母さまが恋人と手と手をとってお父さまを殺す夢だ。

「お父さまっ、危ないっ！」

ハッとリクが目を覚ますと、どんなときでも自分を見る優しい眸《ひとみ》があった。

「あ……」

深い琥珀色《こはくいろ》をした慈《いつく》しむような二つの眸と視線があう。

「ニコライ……」

ベッドサイドから顔をのぞきこみ、あやすように手のひらでほおを包み、まなじりの涙をぬぐってくれる。

「大丈夫、夢ですよ」

その声が耳に響くと、それだけで安心感に包まれる。ああ、今のは夢だったのだ。悪い夢、ただの怖い夢。

「……あの夢をごらんになったのですか？」

静かに問いかけられ、また泣きそうになるのを我慢しながらこくりとうなずく。

「今度は……今度は……ぼくが殺される……きっと」

震えながら彼にしがみつく。

「どうして……そう思われるのですか」

「ぼくが……オメガだから。お母さまが望むようなアルファじゃないから」

誰にも言えない秘密。生まれたときから、母と医師、それから今ではこの男の三人しか知らない事実がある。

オメガだから——という言葉を口にすると、彼、ニコライは切なそうに目を細めた。

「大丈夫ですよ、私が必ずお守りします、リクさま、あなたがオメガならばなおのこと、私が命を賭《と》してでも」

お守りします。あなたがオメガならばなおのこと——。

「本当に?」

「ええ」

ニコライの澄んだ笑顔を見ていると胸が熱くなる。大好きだ。大切な幼なじみ。七歳年上の従者。はつ恋の相手。

「いつまでも一緒にいてくれる?」

すがるように問いかけると、彼は静かに頷いた。

「はい」

「約束だよ」

「はい、お約束します」

必ず守る。いつまでも一緒に。お約束します。

その誓い通り、ニコライがリクのそばを離れることはなかった。

あの日から八年間、ずっと――。

# 1　オメガの皇太子

十八世紀、ヨーロッパ一広大なロシア帝国。

十月の後半になると、ここ――首都ペトログラードの街にそろそろ雪がちらつき始める。

そんなペトログラードの中心部にある冬の宮殿エルミタージュ。

その巨大な建物の二階の奥にある一角で、その日もリクは、一人、書斎に閉じこもって本に埋もれていた。

白樺《しらかば》をくべた暖炉《だんろ》からぱちぱちと木の弾《はじ》ける音がしてくる。

羽のついたペンで論文を書いていたリクは、ふと窓枠《まどわく》の鳴る音に手を止め、テーブルに置かれた砂糖菓子をつまみながら窓に視線を向けた。

「……雪か」

カーテンの向こうから窓ガラスを打つ雪まじりの風の音。

野生の獣の物哀しい哭《な》き声にも似たこんな風の音が聞こえてくると、いよいよこの北の都の長い冬が始まるのだと改めて実感する。

「また冬がやってくるのか」

リクは窓辺に立ち、カーテンを開いた。

しんしんと真っ白な雪が降っている。今年初めての雪が広々とした宮殿の庭園を白く染め変えようとしていた。

春、復活祭の時期に川の氷が弾けて流氷になるまで、水の都といわれるこの街の運河は殆《ほとん》どが凍りつく。こんな状態が数ヵ月間続くのだが、今年の冬は皇太子のリクにとって、これまでの人生の中で最も憂鬱《ゆううつ》な冬となるだろう。というのも、明日、プロシアの公女と婚約しなければならないからだ。

「ありえない、ぼくが結婚なんて」

苦笑し、リクは分厚《ぶあつ》い窓ガラスに映る自分の姿をじっと見つめた。

リクこと、エリク・フョードロヴィチ・ロマノフ。

くせのない黒みがかったこげ茶色の髪、濃紺の眸《ひとみ》、くっきりとした目鼻立ち。

細身の体軀《たいく》に白いブラウスと金の刺繡《ししゅう》の入ったベスト、赤い天鵞絨《ビロード》の上着を身につけ、膝までである黒いブーツを履《は》いた姿は、とても十八歳になるとは思えない幼さの残る雰囲気が漂っている。

（結婚なんて、していいのか？　ぼくは……女性と子を作ることなんてできない。オメガなのに……）

この世には男女の性の他に、アルファ、ベータ、オメガという三種類の性が存在し、それをベースにした階級社会ができあがっている。

アルファは、各国の王家、貴族階級に属する貴種《きしゅ》で、聖職関係の高位者にも多い。人口の一割強ほどである。

人口の八割を占めているのはベータだ。男女比も能力も一般的で、この世で最も生きやすい性といわれている。商人、農民、職人等の職務についている者のほぼ全員と下級兵士たちがここに所属する。

そして第三の性オメガは人口の一割にも満たない希少な性である。

男性しか生まれないのが特徴的だ。オメガは男性でも女性のように妊娠出産のできる特殊な肉体を持つ。その一方で男性として女性を妊娠させることはできない。

突然変異のようにアルファの中に生まれてしまうため、アルファの変性という説もあるが、科学的にも医学的にもなにも解明されていない。

オメガに生まれた者は思春期を迎えると、一ヵ月に一度、数日間、激しい発情期に襲われ、その間に、つがいと決めた特定のアルファと性行為をすることでその相手の子を妊娠してしまう。

つがいのいないオメガは、発情を抑制《よくせい》する作用のある薬草を原料とした錠剤を飲むか、アルファの男性と性行為をすることで発情を発散させるか、そのどちらかによって肉体の発情を抑えなければ熱に耐えきれずに死んでしまう。

発情期のオメガの発するフェロモンは、アルファだけでなくベータの劣情をも煽《あお》ってしまうため、今では、オメガは十歳をすぎると、必ず抑制剤を飲むように義務づけられている。

ただし特定のアルファに首筋を噛まれるとつがいの相手としての契約が成り立ち、それ以外の人間を刺激することがなくなり、その相手との子を妊娠する体質になる。

そのため、たいていのオメガは二十歳までにつがいの相手を見つけて日常生活を共にするようになる。

かつては、その特異な性から聖なる存在とされ、神子《みこ》や王として崇《あが》められることもあったが、ローマ帝国時代、敵国に捕らえられ、オメガとしての肉体の特性を逆手《さかて》に取られ、利用された結果、国を危機に陥《おとしい》れた皇帝がいたため、それ以来、どの国でもオメガは王位継承から外されるのが常になっていた。

今は、アルファのつがいとなり、子作りをするか、オメガだけを集めた修道院で聖職者として抑制剤を飲み続けて生きるか、あるいは、誰のつがいにもならず発情期のフェロモンによって不特定多数のアルファに奉仕する高級男娼として生きるか。その三択くらいしか生きる道がないとされている。

オメガとして生まれたリクはたとえ帝王の一人息子であったとしても、皇太子の地位につく資格はない。

しかし現ロシア政権を統治する女帝アンナは、一人息子のリクをアルファだと偽《いつわ》って公表し、皇太子の地位につけさせてしまった。それがリクの人生にとっては悲劇だった。

前の皇帝——父のフョードルは、八年前、リクが十歳のときに亡くなっている。暴徒に殺されたそうだが、母が暗殺したという噂は絶えない。

母には他に子供がいないので、リクが皇太子になってしまった。

リクがオメガであることを知っているのは、母と主治医、それから幼いときからずっと世話役として侍従《じじゅう》をつとめている教育係のニコライだけである。

世間的にはアルファということになっているため、女帝の一人息子と結婚させたいという縁談が各国の大使からひっきりなしに申し込まれていた。その中で、母は最強とされる隣国プロシアの公女を婚約者に選んだ。

その婚約者がついに明日、この宮殿にやってくるのだ。

（オメガが女性のアルファと結婚だなんて……ありえないのに）

どうしよう……とリクが重い溜息をついたとき、ノックの音とともに書斎に一人の男が入ってきた。

「皇太子殿下、今日の課題はお済みでしょうか」

現れたのは教育係にして従者のニコライだった。かつての幼なじみである。

正式な名をニコライ・アレクセイヴィチ・レオンテフ。

ロシア帝国一麗《うるわ》しい青年貴族……と、各国の大使に讃《たた》えられているニコライは、実際、凄絶《せいぜつ》なまでに美しい風貌《ふうぼう》をしている。

黒い帽子、白い手袋、さらりと背中まで垂《た》れた癖のない金髪を後ろで一つにまとめ、リクよりも頭一つ分長身の、すらりとした体軀には、帝国特有のエメラルドグリーンの軍服がとても映《は》える。

光の加減で神秘的な紫色に見える時もある琥珀色の眸は彼が暴漢に襲われたときの事故で片方を失明したため、左側だけ黒い布の眼帯で覆《おお》われている。

そのせいで無表情に感じられるのか、もともと感情の起伏が少ないせいかわからないが、ニコライがそこにいるだけでも冷ややかな空気が漂う。

「それで、今日の課題の論文は作成できましたか？」

低く響く声にリクは小さく息をついた。アルファらしい悠然とした空気をまとった彼は、オメガとして生を享《う》けたリクよりもずっと支配階級にふさわしい男に見える。

「机に置いてある。ドイツ語での哲学についての論文だったな」

リクが書斎机を一瞥《いちべつ》すると、ニコライはそこに置かれた書類を一通り確認し、冷ややかに呟いた。

「やり直しを」

そうくると思った。

「理由を言ってくれ」

口元に嗤笑《ししょう》を浮かべ、壁にもたれかかって見上げると、ニコライはリクから視線をずらした。

「文法が間違いだらけです。順番、綴《つづ》り、それから内容もひどいものです。このような不完全な論文を女帝陛下に提出するわけにはいきません。教育係として私がお叱りを受けます」

切り捨てるように言うニコライの表情は、どんなときも変わらない。真冬の氷のように冷たく、感情のない人形のように見える。

いつからこんなふうになってしまったのだろう。彼の顔から感情がなくなったのはいつのことだろう。

七つ違いの幼なじみ。ニコライの父親のレオンテフ伯爵がアンナの側近だったことから、年の近い遊び相手兼従者として、物心ついたころからいつも彼がそばにいた。幼い時分は、どんなときでも温かく見守ってくれていたのに。

「叱られろよ、母上……いや、女帝陛下から」

カーテンを閉めると、リクは彼の反応を試すように挑発的に言った。

彼の冷たい眸や言葉に触れると、つい逆らいたくなってしまう。そんなことをしても変わらないのに、少しでもその反応が知りたくて。

「殿下……またですか。またわざとひどい論文をお書きに」

「ああ、わざと書いた。さあ、それを持って女帝のところに行けよ」

「私を困らせるのがそんなに楽しいのですか」

「もちろん楽しいよ」

さらに彼を煽るように言う。

「どうしてそのようなことを。困ったことをおっしゃるのはやめてください」

そう言いながらも彼の表情からはやはり何の人間らしさも感じない。この男に体温はあるのだろうかと思ってしまうほどだ。このロシアの大地を覆う氷のように冷たく、触れるとこちらまで凍りついてしまいそうなほど冷ややかな空気をまとっている。

女帝におまえが叱られている姿を見たいから……と言ったら、彼はどんな表情を浮かべるだろう。

（いや、ニコライのことだ。いつ、どんなにぼくのことで母上から叱られても表情を変えたことはない。それこそほおを叩かれようと何をされようと）

リクは視線をずらし、額《ひたい》に垂れた癖のない髪をかきあげた。

「冗談だ」

「冗談……ですか？」

「そうだ、わざと書いたわけじゃない。それがぼくの実力だよ。偉大なるロシア帝国の女帝アンナの最大の悩み、不肖《ふしょう》の息子、不肖の皇太子……」

「私にはわざとそう振るまわれているように見えますが」

ため息をつきながらも、ニコライは表情一つ変えない。

まだ幼かったころ、十年以上前の彼ならば、こういうときはリクの首根っこを摑んで、強引に椅子に座らせようとしただろう。

『そんなことを言ってないで、さっさと書き直しなさい』

『いやだ、今日は乗馬がしたいんだ』

そう言って、その場から逃げ出そうとするリクに気づき、ニコライがさっとテーブルにあった砂糖菓子の皿を奪う。

『では罰として、今日の砂糖菓子は私がいただきますね』

そう言って、艶《つや》やかに、しかしとても意地悪そうにほほえむニコライの笑顔は、凄絶に美しかった。

『あっ、ダメ、ダメだよ。それ、楽しみにしていたんだから。わかったよ、わかった、ちゃんと書き直すから。きちんと書けたらお茶の時間にしてくれる?』

いたずらっ子のように上目遣いで頼みこむリクを見下ろし、ニコライはやれやれと苦笑を浮かべる。

『わかりました。では、きちんと論文を仕上げてください。皇太子としての役目です。その代わり満点をおとりになったら、お茶のあと、湖まで乗馬にお連れしますよ』

『ニコライ大好きー』

『いけません、リクさま、飛びつかないでください。ハハ、ダメです、そこはくすぐったいですから。さあさあ、早くお席に戻って』

そんなふうに笑いあい、じゃれあっていたこともあったのに。

もうあのころには帰れないのか？

リクがオメガだったことを知って失望してしまったのか？

八年前、そのことが発覚した事件をきっかけにニコライの態度は豹変《ひょうへん》してしまった。きっと心のどこかで蔑《さげす》んでいるのだろう。

オメガのくせにアルファの振りをしてその地位についている偽物の皇太子――そう思って侮《ぶ》蔑《べっ》しているから、こんなふうに、白々しいまでに慇懃《いんぎん》で、義務的で、冷たい態度をとるのだろう。

楽しかった昔のことを思い出しながら、リクは窓にもたれかかった。

「――どうしてこんなこと言うのか――それはぼくが本当にバカだからだよ」

投げやりに呟き、リクは息をついた。

「殿下……」

「宮廷の連中がぼくをどう評価しているか、おまえも知っているだろう。偉大なる女帝とは似ても似つかないバカ息子、女帝の唯一にして最大の欠点……」

「どうかご自分をそのように卑下しないでください」

そう懇願しながらも、彼の言葉遣いは常に淡々とし、何の感情もないように感じられる。

「本当のことだ。本来なら、皇太子になる資格がないのだからな」

リクは皮肉めいた苦笑を浮かべた。

「それはおっしゃらない約束です」

リクの言葉を遮《さえぎ》るように言うと、ニコライは小さく息をつき、眼帯のある左側の顔に垂れた長めの前髪をかきあげた。

ほんの一瞬、「その話題」になるときだけ、ニコライの表情が曇《くも》ってしまう気がする。

皇太子になる資格がない――という話題。不埒《ふらち》にもその瞬間にわずかに見せるニコライの痛ましそうな表情を見るのが好きだ。

侮蔑なのか、哀れみなのかわからない。けれど、そのときだけ、彼も人間だと感じることができる。

氷の死神でも悪魔でもなく、幼いころ、まだその片方の眸を失う前、寝ずの番をしてくれたり、剣を教えてくれていたころの彼に戻った気がして、胸が甘く疼《うず》いてくるのだ。

（もうあのころには戻れないのはわかっているけど）

まだ彼がリクの秘密――オメガであることを知らなかった幼い時代。アルファ同士だと彼が信じていたそのときは、純粋に主君と従者として穏やかな関係を築けていたように思う。

「安心しろ、ここにはおまえしかいない。厳重に警備されている。ぼくたちの会話は誰にも聞かれちゃいないよ」

「はい。あなたのその肉体は国家機密同然ですから」

「国家機密ね……。確かに」

もし秘密を知る者が現れれば、絶大な権力を誇《ほこ》る女帝が一瞬にして抹殺《まっさつ》してしまうだろう。彼女はなによりもこの王家を守り、自身の血をひく唯一の息子――リクに王冠を譲《ゆず》るために生きているのだから。

「重荷か？」

「重荷？　なにが？」

ニコライが片眉をあげる。

「ぼくの秘密を知っていることだ。秘密を知る者として、おまえには自由が許されなくなってしまった。その上、性処理の相手をするよう命じられて。それが重荷ではないのか、と訊いているんだ」

ニコライは無表情のまま答える。

「別に」

何だ、そんなことか、それがどうしたと言わんばかりの淡々とした態度だ。

彼は、女帝と医師以外に、ただ一人、秘密を知る者として、四六時中、リクのそばにいることを強《し》いられ、好きに休暇を取ることもできず、もちろん結婚も許されない。しかもリクが発情し続けるかぎり、アルファとして、この肉体の性欲処理をしなければならない。それを女帝から命じられているのだ。

「今のままでいいのか？」

「はい」

「ぼくが老いて発情期がなくなるまでこの関係を続けなければならないのだぞ。おまえは重大な秘密を知る者として、一生涯、この宮廷から、つまりぼくのそばから離れることは許されない。自由など何ひとつないのだぞ。それでもいいのか」

「今更、どうしてそのようなことをおっしゃるのですか。最初から承知の上で、あなたの伽役《ときやく》をつとめております」

平然と返すニコライに、リクはさらに詰め寄った。

「軍人として武勲《ぶくん》を立てることもできないんだぞ。歴史的になにも残せないのだぞ。生きた証《あかし》もなにも得られないのに」

「わかっております。それにどのみち、この目、この足では無理ですから」

リクはハッと息を止めた。

「恨んでいるのか？」

それは夏の離宮にいるとき、王家を陥《おとしい》れようとする暴漢に、誤って襲われてしまったときのものらしいが詳細は知らない。

「恨んでいるといえばお気が済むのですか？」

「そうじゃない、気が済む済まないの問題じゃない」

「あなたがそう思いたいならそう思えばいいですし、思いたくないのなら思わなければいいことです」

「やはりそうなのか？　だから仕方なくぼくの相手をつとめているわけか」

「仕方なくつとめているわけではございません。私には過去のことなどどうでもいいのです。あなたこそ、私になにかご不満でも？」

不満？　ああ、不満だらけだ。

おまえの何の感情も表さないところも本音を決して口にしないところも。義務として、女帝の命令だからオメガの皇太子の伽をつとめていることも。

「別に……不満はない」

最近、顔をあわせるとこんなやりとりをくりかえしている。自分の婚約が近づいているせいだ。そのとき、どうすればいいのかという不安を、ついニコライにぶつけてしまう。バカなことをしているのはわかっているが。

「では、どうか論文の続きを」

淡々とした様子でリクの椅子をひき、そこに座るように彼が目で指示する。

「わかったよ」

椅子に戻ろうとしたそのとき、ふいに身体の奥が熱くなるのを感じ、リクは足を止めた。

「く……っ」

発情期だ。予定では、もう数日先だと思っていたが、また一ヵ月に数日のそれがやってきたらしい。こうなったら性衝動が止まらない。

浅く息を吸い、少しずつ熱くなっていく肉体の変化を感じながら、すがるようにニコライを見あげる。

「……っ」

ニコライはかすかに目を細め、クンと鼻で息を吸った。

発情期のオメガのフェロモンは異様な甘さだという。アルファである彼には、はっきりとこちらの状態が伝わっているはずだ。

性的に刺激し、犯してくれといわんばかりの煽情的《せんじょうてき》な匂いをリクは全身から撒《ま》き散らしているはずだ。

特に初日はひどい。その匂いは、同じ部屋にいなくても、扉一枚くらいの隔《へだ》たりでは隣室にまで伝わってしまうらしい。

近くにオメガがいると、アルファは、獲物を前にした飢《う》えた肉食獣同然ともいわれている。

それなのに、リクがどんなに発情してもニコライは表情ひとつ変えない。襲ってくるどころか、触れてくることさえない。こちらから「こい」と命令するまで、普段とまったく態度を変えないのだ。

「ニコライ……論文は中止だ」

発情の熱に息を震わせながら、リクは隣の寝室に通じるドアへと近づいていった。

もう限界だ。セックスをしないと、物事を普通に考えることさえできなくなってしまう。発情期のオメガというのは何と不自由な生き物なのだろう。

「こっちへこい」

ドアの前に立ち、じっとニコライを見つめる。

「今月はいつもよりも早いですね」

いつもながら冷静な態度に腹が立ってくる。

忌々《いまいま》しい男だ。おまえはアルファだろ。発情期のオメガを前にすると、野獣になる生き物だろ。それなのにどうしてそう冷静にいられるのだ、と。

「早くても遅くても……どうでもいいだろ。もう……耐えられない……だから……いいな？」

「ご命令ですか？」

リクはこくりとうなずいた。

「あ、ああ。だから早く……」

その場に膝をつき、リクはふるふると震えた。ダメだ、我慢できない。淫靡《いんび》な熱が身体中の血流を早めている。

ようやくニコライが近づいてきて、リクに手を伸ばす。

「承知いたしました。では、伽をつとめさせていただきます」


ニコライとはいつからこんな関係になったのだろう。

思春期になり、オメガ特有の発情期が現れるようになって以来、毎月、数日間、肉体の熱を抑《おさ》えてもらっている。

「……ん……あっ……ああっ」

ベッドに移動し、上着、ベストを剝《は》がされ、白いブラウスをはだかれたリクは、乳首を弄《いじ》られながら我を忘れたように甘い声をあげていた。

リクとは対照的にニコライは軍服のままだ。

「今日は少し発情の熱が高いようですね」

言いながら皮膚にニコライの唇が触れたとたん、発情期の熱がさらに高まり、無防備なほど激しく乱れてしまう。

「あ……あっ……ああっ」

ニコライから与えられる刺激がたまらなく心地いい。

ほんの少し乳首を弄られるだけで全身がひくひくと痙攣《けいれん》したようになり、甘い喘《あえ》ぎが止まらなくなる。

「すごいですね、発情期になると、あなたのは乳首はテーブルビートよりも淫靡な色に変化するのですね」

揶揄《やゆ》するような言葉を吐き、ニコライが指先で乳首を嬲《なぶ》ってくる。

テーブルビートとはボルシチスープに使う食材だ。確かに凶々《まがまが》しいほど妖しい赤紫色をしている。

「不思議です、普段は、薄ピンク色のリラの花のように慎ましい色なのに」

ニコライに指で押しこむようにしながら捏《こ》ねられると、甘酸《あまず》っぱい熱がそこから全身へと広がっていく。たまらなく心地がいい。

「ああっ……はあっ！　……ああっ」

発情期のオメガというのは、本当に何て厄介《やっかい》な生き物なのだろう。いつもそう思う。自分で自分をコントロールできないのだから。

「乳首とその周り……、ひと月ごとに感度が鋭くなっていますね」

ツンと尖ったところをつつかれたり、乳暈《にゅううん》を執拗に舐《な》められていく。それだけでたちまち全身が痺《しび》れたようになり、リクは甘い声をあげてしまうのだ。

「やっ……ああっ、や……っ」

「やわらかな砂糖菓子のような声ですね。普段のあなたとは随分違う。身体も同じで、このときだけは……蜜《みつ》菓子のようだ。しかも前回よりも甘い」

「いいから……言うな……そんなこと……」

ふだんは必要以上のことは口にしないのに、なぜかこういうときだけニコライは雄弁《ゆうべん》になる。

「先月よりも……ここ……大きくなっていますね」

ニコライが舌先で乳首を嬲ってくる。彼の舌が絡みつくと、甘い快楽に自然と背をそらして悶《もだ》えてしまう。

「比べるな……って……言ってるじゃ……」

毎回毎回、前回の発情期と比較されると、自分が一回ごとにどうしようもないほど淫《みだ》らになっているのがわかっていたたまれない。

恥ずかしいだけでなく、アルファに抱かれるためだけに存在するような淫乱なオメガ——そうなってしまいそうな気がして怖いのだ。

そんなリクの煩悶《はんもん》を煽るかのように、ニコライは激しく乳首を吸ってくる。唇で食《は》み、舌先を絡めながらねっとりとつつかれるうちに、じわじわと熱っぽい疼きが溜まり、腹の奥の方がじんわりと熱くなってくる。

「知って欲しいのですよ、ご自身の変化を」

「……っそれは……おまえが……そんなふうに……ああっ」

ころころと舌先で転がされると、たまらなくてもう抵抗できない。

「つまり気持ちいいんですよね？」

「ちが……あっ……ん……っそう……ああっ……いい……どうにかなりそう……」

乳首を弄られると、いつもそれだけで達してしまいそうなほど気持ちがいい。肉体が発情するとそこがぷっくりと膨《ふく》らみ、触れられたくて疼いてくる。

「んっ……あっ」

リクが反応すればするほど、ニコライの動きは激しくなっていく。

いつしかリクの性器はむっくりと形を変えている。そしてじゅわっという音がしたかと思うと、亀頭の割れ目からとろとろとした蜜があふれだした。とめどなくあふれる蜜の雫《しずく》。全身が蒸れたようにうっすらと汗ばみ、肌が異様なほど熱くなって、息が荒くなっていく。

「ん……あ……ああっ、そこ……気持ちいい……っ」

さらなる快楽を求め、自分から声をあげてしまう。どくどくと淫靡な雫があふれるのを止められない。先走りの蜜が彼の手を濡らしているが、こういうときでもニコライは決して手袋を外そうとしない。

あとで手袋についた己の染みを見るほど恥ずかしいことはないのだが、発情中はそれを気にしている余裕などなかった。もう自分が自分でなくなっているのだけはわかる。

発情期の性行為しか知らないが、異様な心地よさに脳が痺れたようになる。

「すごいですね、触れただけですぐに勃《た》ってしまって。肉体もすっかり成熟して。私がつがいにしてしまったら、すぐに孕《はら》んでしまうでしょうね」

「や……ダメだ……それは……っ」

勝手に誰かとつがいになることは許されていない。そうなったら、リクの肉体はすぐに子を妊《みごも》ってしまうからだ。

「しませんよ。ただ……こんなに淫らな肉体なら、ここで何人も孕めますよ。そうなればロマノフ王家も安泰だと思っただけで」

足を広げられ、ニコライの指が窄《すぼ》まりに触れる。

「やめ……ああ……っ」

軽く刺激を与えられただけなのに、そこは呼吸をするように開き、ニコライの指を咥《くわ》えたくてひくひくと震えている。

「ご安心ください、皇太子が多産体質だなんて……口が裂けても口外いたしませんので」

冷ややかに意地悪なことを言われているのに、なぜかその辱《はずかし》めにも似た言葉にさえもリクの肉体は淫らに反応を示してしまう。

「ここ……発情初日なのに、恐ろしいほどやわらかくなってますね」

一本、二本とニコライの長い指が体内に入りこみ、その関節が感じやすい粘膜を擦《こす》っただけで、カッと全身が熱くなる。肌が汗ばみ、リクはぴくりと身体を跳ねさせた。

「ん……ああ……あああっ」

たまらなくなってニコライの腕に爪を立てる。

「もう物欲しそうですね。念のため、少しほぐしますよ」

とろとろとした蜜の入った液体をそこに垂らされ、ぐちゅっと粘《ねば》りけのある音を立てて弄《もてあそ》ばれていく。

もうそれだけでそこを彼のもので貫《つらぬ》かれたくて、リクは自然と身体をよじらせてしまう。

しかし身体が快感に溶けそうになればなるほど心は渇《かわ》いていく。

この快感はオメガだから。

そして彼が自分の相手をしているのは国家的な秘密を守るためゆえ。

だから彼との情事はいつも淋しい。

こんなにも肉体は満たされているのに、心は満たされないから。

「ああ……ああ……もう……お願い……きて……っ」

心の飢餓《きが》とは裏腹に、それでも肉体はますます昂《たかぶ》ってくる。

「いつになく早いですね。もう私のものをご所望《しょもう》なのですか?」

「あ……ああ、早く……もう……っ」

「ご命令ですか？」

静かなその物言いが憎らしい。

「あ、ああ、命令だ……早く……」

いつも彼は問いかけてくる。臣下が皇太子を抱く。つまり肉体を傷つけてしまう可能性のある行為として、リクからの命令でなければ自分からはできないとニコライは言うのだ。

「では、どうかお命じになってください」

意地悪な男だ。命じなくても、もう何十回と身体をつないでいるのだから、好きに挿《はい》ってきたらいいものを。

「どうか早くご命令を」

また焦《じ》らそうとしている。この男は本当に意地悪だ。

「こい……早く挿って……くるんだ。ぼくの……中に……おまえのものを挿れろ。そして……達《い》かせて……くれ」

目を瞑《つむ》り、恥ずかしさを覚えながらも、リクは切れ切れに呟いた。

「……承知いたしました」

そう言ったニコライの手に腰を摑まれ、身体が浮く。

抱かれる。これから繫がる。彼が挿ってくる。

そう感じる、この瞬間がリクにとってはたまらなく狂おしい。

ああ、今から彼を体内に感じられるのだと思うと、それだけで肌の熱が異様なほど高まり、血が逆流しそうなほど興奮してしまうのだ。

「ニコライ……あ……ああっ」

好きだと告げられない代わりに、彼にしがみついて足を少しだけ広げる。のしかかってきたニコライの重みと同時に皮膚の入り口に硬質なものが触れたと思うと、薄い皮膚を割って、肉《にく》塊《かい》が少しずつ体内にめりこんでくる。

「ん……っ」

ああ、ニコライだ。大好きな、大好きな男のものが体内を貫こうとしている。

リクを求めるかのように形を変えた彼の肉塊。じわじわと体内でさらに膨張し、リクの粘膜を圧迫してくる。それだけで、自分ひとりがニコライを求めているのではないことがわかり、嬉しくなる。

朦朧《もうろう》としながら、リクはうっすらと目を開けた。

「……っ」

美しいニコライの顔を下から見あげる。冷静な、いつもは表情ひとつ変えない男がほんの少しだけこめかみに汗をにじませ、かすかに息を乱しているのがわかるだけで、リクは涙が出そうなほどの喜びを感じる。

「……あ……っ」

ニコライも自分を求めている。ニコライも欲しがっている。

たとえそれがオメガのフェロモンに誘発されたアルファとしての本能であったとしても、彼の肉体も変化していることにリクの心は満たされるのだ。

「すごい締めつけですね……毎月、いやというほど私に抱かれているのに……あなたのここは狭いまま……私を食い殺しそうなほど……」

「ん……あっ」

彼がぐいっと奥まで挿りこんでくる。押しこめられた肉の圧力にリクの腰は砕けそうになるが、さっきたっぷりと弄られた乳首が甘く疼き、下肢《かし》が激しく痺れてきて、浅ましいほど締めつけてニコライをひきずりこんでしまう。

「あっ……ニコライ……あぁぁ！　いい、そこ……ああ……あっ！」

ぐいぐいと広げられ、内臓を圧迫されていく感覚が猛烈に心地よくてどうにかなってしまいそうだ。

ニコライの硬くそそり立ったもの――自分を求めて凶暴になっていくそれに体内を灼きつくされていくかのような、この時間がどうしようもないほど愛おしい。

「……あ……あぁ……そう……ああ……すご……そこ……っ」

グチュっ、グチュっ……と彼が腰をうちつける。身体が揺さぶられるたび、つながった場所から漏れる淫猥《いんわい》な音が室内に響く。

その音が好きだ。互いが体液まで溶けあっているような感じがして。

「ん……だめだ……もう……すご……達ってしま……っ……ああっ」

「狭いですが……奥は……凄《すさ》まじいですね。食いちぎられそうだ」

狂おしく彼を締めつける肉の洞《うろ》を激しくこすりあげながら、ニコライが腰を打ちつけてくる。ぎぃ、ぎぃ……と、そのたび、しなった音を立てて揺れる天蓋《てんがい》付きのベッド。シーツを掻《か》きながら、リクは大きくのけぞって声をあげていた。もう脳が沸騰して絶頂を迎えそうだ。

「あぁ……そこは……あぁっニコライ……もう……達かせ……っ……お願い……っ」

一気にのぼりつめようとして、リクの身体中の筋肉がわななく。体内に咥えているものに、ぎゅっとリクの粘膜が吸着しているのだ。そうして今にもリクが達ってしまいそうになったそのとき、ニコライが律動を止める。

「あ……」

たまらずリクは責めるようにニコライを見た。

「いけません、お一人で達くのは。どうか私にもご命令を」

亀頭の先端を指で押さえ、リクの射精を止める。あまりの甘苦しさに泣きそうになり、リクはニコライの腕を強く握り、叫ぶようにして命令するしかない。

「くう……っ」

「早くご指示を」

苦しい。止められて苦しくてどうしようもない。本当にこの男は意地悪だ。こういうときでさえ、命令を求めるなんて。

「く……っ達ってくれ！　ぼくのなかで……ぼくと一緒に……達け……っ」

「承知いたしました」

次の瞬間、ニコライは激しく突き上げてきた。身体が痙攣する。その容赦《ようしゃ》ない揺さぶりがたまらなく心地いい。

「あぁ…っ……くぅ！　あぁああ！」

やがて体内にどっと熱い精液が吐きだされる。と同時に指の拘束を解かれ、リクの精も噴水のようにしたたかにしぶき出てしまった。

「ああ……っ……はあっ」

粘膜に染みこんでいくニコライの精が心地いい。

大好きだ、この粘液がとてつもなく恋しい。もしつがいになっていたのなら、孕んでいるかもしれないと想像するだけで、体内の熱がいっそう愛《いと》おしくなる。

「はあ……っ……はあっ」

肩で息をしながらも、ようやく発情期の熱が抑えられたことで、少しずつリクの理性が戻ってくる。

「いかがでしたか？」

問いかけられ、リクは「よかった。……ご苦労だった」とふだんのように主君としての言葉を口にする。本当は羞恥を感じてどうしようもないのだが。

「光栄でございます」

彼もまた臣下としての言葉をいつものように冷静に口にしながらも、それでもこの瞬間、この男も人間なのだと実感して、リクの心はほんの少しだけ癒《いや》される。

体内に広がっていく彼の白濁《はくだく》の熱さ。彼の額から滴《したた》ってくる汗の雫。荒い息づかい。皮膚に触れている体温。それが彼も人間だと教えてくれている気がしてほっとするのだ。

「……っ」

好きだという気持ちを心におし包み、リクはニコライの背に腕をまわした。

「命令だ……少しこのままで……ぼくを抱きしめてくれ。鎮《しず》まりたい」

恥ずかしさを捨てて、リクはそう命じた。今だけ、このときだけそう口にできる。オメガの性衝動にかこつけて。

「承知いたしました」

ニコライが肩に腕をまわし、身体をつなげたままリクを胸に引き寄せる。

一瞬、ふわっと彼から甘いリラの香りのようなものが漂う。この瞬間がとても愛おしい。

「……っ」

リクはその背にしがみついたままそっとまぶたを閉じた。

この男は、これで満足なのだろうか。

性処理の相手をすることに対し、何の不満もないのだろうか。

片方の目を失明してさえいなければ、帝国のエリート軍人としてもっと大きな活躍の場を得ていただろう。

リクの秘密を知っているがために、ニコライはこうして仕《つか》えている。

彼が今の生活に満足しているのかはわからない。感情的な話をしたことが一度もないからだ。

(ぼくは……ニコライが好きだから……こうしていられるだけで幸せだけど)

いつまでこんなふうにオメガの性欲処理の役目を受け入れてくれるのか。

いつか彼がこの役目を降りる日が来るのだろうか。

(母上の命令があれば、ぼくのつがいになってくれるだろうか)

二人はつがいの契約を結んでいないので、体内に射精されたところでリクが孕むことはない。

もしニコライがリクの首筋を噛み、つがいの契約を結ぶと、リクは彼の子を妊娠してしまうだろう。

そうなればこの国はどうなるのか。

オメガでありながらアルファと偽って皇太子になり、国民を騙していたとして、処刑されるか、あるいはシベリアに流刑《るけい》されるか。

女帝の母も同じだ。罪に問われる。

いや、あの人のことだから、息子に騙されていたと言い張り、すべての罪をリクにかぶせるかもしれない。

（そのときは……ニコライ……おまえも同罪として裁かれるんだぞ）

リクがオメガであることが国民に知られると、二人とも、破滅してしまう。

いっそ二人でそうなってしまうのも面白いかもしれない。

そんないびつな思いを抱えながら、リクは少しずつ睡魔に襲われ、ニコライの腕の中で意識を手放していた。

## 2　アルファの臣下

「ん……っ」

気《け》だるさのなか、目をさますと、すでにニコライは身支度を整えていた。軍服だけでなく髪の毛もしっかりと整えて、何事もなかったかのように。

いつもそうだ。行為のあと、リクは意識を失ってしまう。ほんの三十分ほどのことだが、その間にニコライは完璧な軍服姿に戻り、さらにはリクの身体を綺麗に清めてくれている。湯浴《ゆあ》みの必要がないほどに。

万が一、誰かにオメガだとバレては困るというのもあるのだろう。

「体調はいかがですか？」

「大丈夫だ」

「では、夜会の前にこちらをどうぞ。今夜は明け方まで舞踏会がありますので、いつもの倍、服用してください」

ニコライは、グラスに入った水と、発情抑制剤《よくせいざい》二錠《じょう》をリクの枕元に置いた。

「ありがとう」

これを一錠飲めば、一応、身体の発情を抑えることはできる。ただ、それだけでは発情期のオメガ特有の匂いを消すことはできない。アルファにはすぐにバレてしまう。つまり舞踏会にやってくる貴族全員にバレてしまうのだ。

そのため、ニコライとの性行為によって完全に熱を抑えこみ、さらにいつもの倍の量の薬を飲むことで、オメガである自分の性を封印するのだ。

万が一、それでも世間にバレないよう、人前に出るときは、護衛としてニコライが常にリクに従っていた。

「今さっき、女帝からお呼び出しがありました。舞踏会の前に、彼女の部屋にくるようにと」

「母上の？」

「はい」

「わかった、ではすぐに用意しよう」

起きあがり、リクはベッドから降りて身支度を整え始めた。ニコライは手際よく上着やベストを用意し、着替えを手伝ってくれる。

「母上の用事は……明日の件だろうな」

「はい」

明日、いよいよナタリエというプロシアの公女が宮殿に顔を出す。

すでに一週間ほど前、彼女の一行はペトログラードに到着している。別の貴族の館に滞在し、そこで長旅の疲れをとり、女帝に謁見《えっけん》するための準備をしているとか。

「母もよくこんな茶番を思いついたものだ。オメガなのに、アルファの公女と婚約だなんて」

「これも帝国の安泰のためです。プロシアとは和平を保たなければ」

「ああ……それはわかっているが、もし公女がプロシアのスパイだったらどうするんだ。ぼくがオメガだとわかると、この国を攻める口実を与えてしまう」

「スパイとして送りこまれたのか、それとも女帝同様にこの国のため、尽力《じんりょく》してくれる人物になるのか、それを見さだめるのがあなたのお役目です。婚約したとしても、どのみち、婚姻までは半年以上の期間が必要ですから」

「ニコライ、おまえはぼくが結婚できると本当に思っているのか」

「はい」

「男に抱かれ、娼婦のように喘《あえ》いでいるぼくが？　子を孕《はら》むかもしれないオメガなのに？」

リクはわざと挑発的に言った。しかしニコライは平然と返してきた。

「皇太子殿下は、オメガにしては長身ですし、細身の身体も衣服でカバーすることができます。見た目は瑞々《みずみず》しく、しなやかで美しい青年皇太子にしか見えません。ご結婚されても大丈夫ですよ」

誉《ほ》め言葉を口にされたところで嬉しくも何ともない。

「そんなことが聞きたいんじゃない。世継ぎを作ることができないと……」

「ご安心を。あなたのお父さまとお母さまにも夫婦としての関係がなかったことは、宮廷の人間全員が存じ上げております。それでもあなたが誕生された。意味はお分かりですね？」

「……っ」

そうだ。自分は父の子ではない。母と母の愛人の子供だ。宮廷の人間の殆《ほとん》どが知っている。幸いにも、母の愛人が王家の血をひく人間だったので、血筋的には問題はないようだが。

「では、唯一、ぼくの秘密を知っているおまえが種馬の役目を果たすのか？」

かつての女帝のようにナタリエの愛人となり、子供を作らせる。

「女帝、あるいはあなたのご命令があれば。幸いにも我が伯爵家も初代皇帝の傍系《ぼうけい》。ロマノフ家の血が絶えることはございません」

「つまり……おまえがぼくの代わりにナタリエ公女を抱くのか？」

「もし、あなたがそれをご命令されるのであれば。あるいは、ご自身の血を残されたいと願うのであれば……」

意味深なニコライの言葉にリクは口をつぐんだ。

自身の血を残す――とは、リクがニコライの子を産むということだ。

「私はどちらを孕ませることも可能です。あなたでも、公女でも」

「命じれば、その通りに動くというのか。たとえそれが子作りであったとしても」

衣服を整え、最後に渡された手袋を取ると、リクは忌々《いまいま》しげに呟いた。

「当然です」

「最低だな。自分の意志はないのか」

「あります。自分の意志で国家に奉仕しているのです」

「では、母の愛人になれとぼくが命令すれば……母の褥《しとね》にも行くのか」

試すように問いかけてみた。

母の女帝アンナはいつも大勢の美しい男たちを褥に招いている。その中には、ニコライと同じ年くらいの青年将校も混じっているらしい。

「女帝の褥……それは無理です」

「無理？」

「あなたの寝室と女帝の寝室は、建物が違います。万が一、あなたに発情期が訪れたとき、すぐに助けに行くことができません。なので、物理的に女帝の寝床にうかがうのは無理です」

「そういうことか」

リクは苦笑した。

「だが、ぼくとナタリエなら婚姻後は同じ建物で暮らす。それならば、ナタリエの褥に行ってもすぐにぼくのところに来られるというわけか」

「はい」

生真面目にそう答えるニコライの鉄面皮《てつめんぴ》ぶりに苛立ちを覚え、リクは彼に背を向けた。

「バカバカしい。そんな無理なことをしてまで、ぼくを皇太子にする必要はないのに」

女帝の直系はリクだけだが、ロシアには他にも王位継承の資格を持つ者が二人いる。父方の十歳年上のイワンという従兄《いとこ》と、七歳年上、ちょうどニコライと同い年の従兄のザハール。

この二人も王になる資格はあるが、女帝とは何の血縁もなく、政治的にも対立している。それもあり、女帝はリクにこだわっているのだろう。

この国を列強諸国と対抗できるほどの巨大な国にし、政治的にも辣腕《らつわん》ぶりを発揮している女帝アンナ。

偉大なる女帝の唯一の息子がオメガということが彼女にとっての悲劇だ。

「では、今から母上のもとに向かう。ついてこい」

冬の間の宮殿エルミタージュ——ペトログラードが雪に覆《おお》われる冬の間、女帝やリクはここで暮らし、夏は郊外の宮殿で暮らすことになっていた。

ネヴァ河沿いに建った宮殿の中で、皇太子の生活空間のある建物から女帝の生活空間までは、徒歩でかなり時間がかかるが、政務を執り行う空間はちょうどその真ん中にある。

いくつもの廊下を抜け、階段を上り下りし、巨大な広間を抜けた先にある政務用の空間まで行くと、女帝への謁見をのぞむ下級貴族や地方領主たちがずらりと列をなしていた。

「——女帝への取り次ぎを」

ニコライを背後に従え、豪奢《ごうしゃ》な女帝の部屋の扉の前までくると、女官たちがうやうやしくリクに頭をさげる。

「皇太子殿下がおいでになられました」

次々と扉が開き、中二階になった階段を上がって、最上階へ向かうようにとうながされる。

「皇太子さまとニコライさまはこちらへいらしてください」

女官の案内で、リクはニコライとともに奥へと向かった。

優雅な絵画や調度品に囲まれた食堂、歴代皇帝の肖像画の部屋、舞踏会用の広間、さらには一番奥に王家のための教会もある。

敬虔《けいけん》なロシア正教の信徒である女帝は、その奥の教会と隣の書斎、さらには手前の空間を祝典応接室にし、すべての部屋の壁は最高級の琥珀《こはく》で飾られている。

「では、こちらへ。女帝がいらっしゃいます」

扉が開き、総重量六トンもの琥珀で飾られたこの部屋に入ると、リクはいつも不思議な感覚にとらわれる。

普通の宝石とは異なり、琥珀は天然樹脂《じゅし》が固化してできたものらしい。地中で生き物を封印したものも多い。琥珀それ自体が息づいているとも言われ、この琥珀の間は部屋に入っただけでえもいわれぬ妖しくも甘美《かんび》な感覚に包まれる。

空気に動きがあるというのか、部屋全体が生きているとでもいうのか、果てしない太古からの命の息吹を感じてしまうのか。

ここに一歩入ると、身体全体がやわらかで優しい生命体に守られているような、得体の知れない甘やかな気分になるのだ。

尤《もっと》もそれは呼吸をした一瞬だけのことでしかない。

というのも、その部屋の中央にいる女帝アンナの姿を見ただけで、すぐにその甘美な感覚は消えてしまうからだ。

部屋の奥にマホガニーの机が置かれ、女帝はそこに座り、若くて美しい愛人レオニードと政務を行っているところだった。

「レオニード、少しの間、息子と二人だけにしてちょうだい。ニコライも扉の向こうで待機しなさい」

愛人とニコライを部屋から出すと、アンナは立ち上がり、リクに手を差し出した。

「リク、こちらへいらっしゃい」

まだ三十代後半のすらりとした男勝《まさ》りの美貌《びぼう》の女帝。聖母というよりはすっきりとした顎《あご》のラインを強調させるかのように髪を一つに結い上げてまとめている姿はキリリとしている。濃紺のドレスが肌の白さを一層《いっそう》際立たせるかのようだ。

彼女の前に行くと、情けないことにリクはいつも足がすくむ。絶対に逆らえない巨大な存在だからだ。

「お母さま、婚約の件ですが」

「ええ、その件で大切な話があります」

女帝アンナ。父と母の間に愛はなかったというのは有名な話だ。ロシア宮廷内だけでなく、欧州中の宮廷が知っているほど。

父には多くの愛人がいて、母にもいつも愛人がいたという。母の愛人は何人も知っているが、すべてがアルファで、神々《こうごう》しいほどの美しさだ。

「正式に、明日、婚約を交わすことになりました。あなたのお相手はプロシアの公女ナタリエ。明日、ロシア正教に改宗するそうです。それと同時にロシア風にナタリアと呼ぶことにします」

新しく届いたばかりの肖像画を見せられる。金髪碧眼《へきがん》の、ボッティチェルリの絵に描かれたような美しい女性だった。

「もちろん彼女もアルファですね？」

「ええ。先日、お忍びで挨拶《あいさつ》にやってきましたが、なかなか頭のいい美貌の女性でした。野心家の匂いを感じました。ああいう女性は皇后として理想でしょう」

「それはけっこうです。しかしぼくとの婚姻は問題があります」

息子の言葉を無視し、女帝が嬉しそうに言う。

「若いころの私にそっくりよ。私もプロシアから嫁《とつ》いできたのですからね。でもナタリアは幸せだわ。夫はあなたですものね、リク。フョードルよりもずっとまともで優しい男だわ」

父――フョードル。母は十代のとき、プロシアからフョードルの元に嫁いできたが、二人の間に夫婦としての愛情は何一つなかったらしい。

稀代《きたい》の女好きで大勢の愛人を侍《はべ》らせ、酒と博打《ばくち》と軍隊ごっこ遊びが大好きだったという父。アルファにしては脆弱《ぜいじゃく》な雰囲気だったらしい。一方の母は、野心家で政治学や哲学が好きで、各国の思想家たちと知的な文通をしているほどだ。

水と油のような性格の二人が夫婦となるには無理があったのだろう。

結婚してからもずっと別々の寝室だったという。そして互いに、相手とは全く正反対の愛人を持ち続けた。

（そしてぼくは……父ではなく、母の愛人の子……）

オメガとして生まれたのは、いびつな出生を持つリクに対し、神が下《くだ》した罰のように感じるのだが。

「母上、やはりこの婚姻には無理があります。ぼくはオメガです」

「ナタリアには私が言いふくめます」

「言いふくめる？」

「偽装結婚でいいのよ。この婚姻は国家と国家の平和のためのものなのだから、おまえの意志は関係ないの。おまえはニコライの子を産めばそれでいいのよ」

「な……っ」

「それが嫌なら、ナタリアの褥にニコライを送りこむだけ」

「本気ですか？」

ニコライもそう口にしていたが。

「ニコライは納得済みよ」

「どうしてナタリアの相手もニコライになるのですか」

「おまえの秘密をこれ以上多くの人間に知られるわけにはいきませんからね。おまえが孕もうとナタリアが孕もうと、出産は秘密裏《ひみつり》に行います。できるだけ秘密を知る人間は少ないほうがいい」


ニコライがナタリアの褥に……。

想像しただけで、愚《おろ》かなほど動揺してしまう。

母の目は、さっきリクが見せたわずかな動揺を見逃さなかっただろう。彼女には、リクの気持ちなど手に取るようにわかるにちがいない。

「母上には人間としての心がないのですか。母上だけじゃない、ニコライもだ。そんなバカバカしい命令を納得しているなんて」

そう口走ったリクのほおを、女帝は思い切り手のひらで叩いた。

「お黙りなさい！」

「……っ」

「人間の心？　そんなものは必要ありません、この広大な国を守るためには。ニコライは覚悟の上で、王家に忠誠を誓っているのです」

「忠誠を？」

「そうよ。おまえはナタリアと結婚式をあげるだけでいいわ。その後、オメガとしてニコライとつがいの契約を結び、彼の子を孕みなさい。生まれた子がアルファならあなたとナタリアの子として公表し、この国の後継者とします」

「そんなこと……」

「勇気がないのなら、彼をナタリアに譲《ゆず》りなさい。二人の間に生まれた子を私が立派な君主に育ててあげてみせるわ。そうなったあと、あなたは、体調不良を理由に修道院に入りなさい」


ニコライの子を孕むか、ナタリアに彼を譲るか。


「では、これで失礼します」

圧倒されたまま母親の部屋から出たあと、リクは扉の前で微動だにせず、自分を待っていたニコライを見つめた。

「お話はおすみですか？」

無表情で問いかけてくる。感情のないその態度に腹が立つことはあるものの、どうしてこの男をナタリアに譲ることができるだろう。

「……っ」

いやだ。誰のものにもしたくない。

そう思う一方で、オメガとして彼とつがいの契約を結ぶ勇気が持てない。

命じれば、彼はこの首筋に歯を立てて傷をつけるだろう。そうすれば、この身体はニコライ以外に発情しないようになる。そして彼の子を妊娠する肉体へと変化する。

（ニコライの子……欲しくないわけではない）

けれどその子は母の手によって、この国の後継者とされてしまう。国民を騙《だま》したまま、オメガが男を相手にして産んだ子供。それが帝国の後継者に。

（そんな恐ろしいことをしていいのか。国民を欺《あざむ》くような。もしすべてが発覚したらニコライも罪に問われてしまうではないか）

リクにはそれが怖かった。

彼のことは愛している。誰よりも彼が好きだ。けれどだからこそ、彼を自分のつがいにして、この罪深い人生にさらに巻きこんでしまうのが怖いのだ。

今ならまだ間に合う。つがいの契約を結んでいない今なら、まだニコライは自由だ。この恐ろしい偽りの人生に彼を縛り付けないでいられる。

好きだからこそ、彼を犠牲にしたくない。国民を騙す罪は、母と自分二人だけが被《かぶ》ればいいのだから。

その翌日、公女ナタリアがやってきた。

「初めまして。ナタリアです」

母によく似た風貌の美貌の女性。彼女もまたアルファだった。

正式な婚姻は春——半年後。それまでは婚約期間として、ここで彼女は、ロシア語を学び、歴史を学び、宮廷での生活を覚えていかなければならない。

リクに会うなり、ナタリアはホッとしたようにほほえんだ。

「よかった、女帝の一人息子とお聞きしていたので、恐ろしそうな皇太子を想像していましたが、リクさまはお優しそうで、ホッとしました」

ナタリアこそ母よりもずっと優しそうな女性だと思った。

「そうおっしゃっていただけて光栄です。慣れないロシアでの生活に不自由があるかと思いますが、困ったことがありましたら遠慮なく言ってください」

彼女も嫁ぎたくてこんな北の大地にきたのではないだろう。そう思うと、表面上だけでも紳士的に、優しくしなければと思った。

「ありがとうございます。あなたが素敵な方でとても嬉しいわ」

涙を流す彼女を見ていると、騙していることに申し訳なさを感じた。

「いいえ、お噂はご存じでしょう。ぼくは不肖《ふしょう》の息子ですから」

「そのほうが精神的に楽です。あなたまで女帝のように怖いお人柄だったら、敵国のような場所で気が休まらない毎日を過ごさなければなりませんから。ですからお優しい方でホッとしました」

そう言われるとますます申し訳ない気持ちになった。

そんなリクの気持ちを察してか、ニコライがそっと後ろから低い声で耳打ちしてくる。

「同情は禁物です」

「同情？」

「涙に騙されてはいけません。あれは本物ではありません」

冷たい男だと思った。彼の手を掴み、ひとけのないバルコニーに出ると、リクは苛立った声で返した。

「ひどいことを言うな。おまえは母上にそっくりだな」

しんしんとバルコニーに積もった白い雪をブーツの先で蹴《け》りながら、リクは冷めた声で言った。

「そっくり？　どういう意味ですか」

彼の金色の髪に大粒の雪が積もっていく。それでも寒さも感じさせず、震えもせず、そこに佇《たたず》む男をリクはじっと見つめた。

「異国に一人でやってきた孤独な女性に同情して何が悪い」

リクの言葉にニコライは息をつき、静かに答えた。

「彼女は覚悟の上でこの帝国にやってきておられます。プロシアのスパイの可能性も高いです」

「それくらい承知している。だが……あの涙……。ぼくにはそんなふうには……」

「ご自分でもスパイの可能性があるとおっしゃっていたではないですか。怪しいと思わないのですか？　初対面のあなたと、二言三言、話をしただけで、涙を流し、リクさまは素敵な人だなどと媚《こ》びたことを言う。いやらしい魂胆《こんたん》が透けて見えます」

「待て、他人を悪く言うな」

「まったくあなたという人は……」

「ぼくがどうした」

「あなたは優しすぎます。皇太子として、もっと冷静に、冷酷になってください。私は彼女を悪く言っているのではありません。あなたを案じて忠告しているだけです」

そうなのだろう。彼が皇太子としてのリクの立場を思いやって言っているのはわかっている。けれど彼がそれを義務として、女帝の命に忠実に行動しているにすぎないということが辛い。だからこそつい反発してしまうのだ。

「やはり母にそっくりだ。おまえのそういうところが嫌いだ」

切り捨てるように言う。しかし彼の表情はやはり変わることはなかった。

「おまえは……ぼくに嫌われても気にもしないのか」

「好き嫌いは関係ありません。ただ嫌いでもけっこうですので、信頼はしてください」

「どういう意味だ？」

「私はあなたに忠誠を誓っています。その相手からの不信は困ります」

好き嫌いは関係ない……か。

「安心しろ、信頼なら、これ以上ないほどしてるよ。むしろその信頼が疎《うと》ましくて仕方ないほど。反吐《へど》が出そうなほど、おまえのそのうっとうしい忠誠心だけは信じている」

「それならけっこうです」

うっとうしい、反吐が出そうと言われても彼は何一つ変わらない。

ああ、本当に疎ましい。そう思った。

こんなにも身近にいるのに、彼の感情がまったくわからない。

彼自身に対してではなく、そうした自分たちの距離感がリクにはどうしようもないほど疎ましかった。


その夜、晩餐会《ばんさんかい》のあと、ナタリアが部屋に戻ったのを確認すると、リクは、母のいる琥珀の間に向かった。

「母上、やはり彼女を騙して結婚するのは嫌です。オメガなので結婚できない、後継者も作れないと伝えさせてください」

そう頼んだとたん、また思い切り母にほおを平手打ちされてしまった。

「このバカ息子がっ」

ぱんっとはじけるような音が琥珀の部屋に反響する。

「いいかげんにしなさい、何という意気地なしなの」

忌々しそうに母が吐き捨てる。

「もう後戻りはできないのです。おまえがオメガだとわかったら、ロシア帝国は破滅する可能性があるのですよ。私もただではすみません」

破滅……。

「それならぼくが責任を取ります。成人してから突然変異したオメガだと宣言します。そうなれば、母上が罪に問われることはない」

「そうなったら、おまえは辺境の修道院に幽閉《ゆうへい》され、永久に外の世界に出てこられなくなるのですよ」

永久に……。それならそれでいい。

国民を騙すことへの罪悪感から逃れられる。それにこのままだとニコライを巻きこんでしまう不安もある。せめて彼を自由にしたい。こんな恐ろしい状態から解き放ちたい。愛しているからこそ、彼の破滅は望まない。

「ぼくはそれでけっこうです。ですからどうか早めにアルファの養子を。ぼくを廃嫡《はいちゃく》して、従兄のイワンかザハールに譲ることにすれば」

「彼らは、確かにアルファですが、そろいもそろって、遊び人で、バカな奴等《やつら》よ」

女帝が呆れたように吐き捨てる。

「でもぼくと違って彼らはアルファです」

「それでもおまえのほうがずっとまともです。おまえの問題は、オメガという性よりも、そのやる気のない精神だけ」

「それこそ最大の問題ではないのですか」

「ふざけたことを言っていたら、今度は蹴り飛ばしますよ」

「母上」

「ナタリアには、婚約のあと、私がしっかりと言い含めます。おまえは結婚式の前の発情期のときにニコライのつがいになりなさい。そして彼の子を孕みなさい。その子がアルファなら、皇位継承者として問題がないのですから。万が一、おまえがオメガだとバレたとしても」

彼女はとにかくアルファの皇子さえ誕生すればそれでいいのだろう。

（もしかすると、彼女は……そうなったらぼくを殺すかもしれない）

かつて父を暗殺したのだとしたら。

そのときのことをリクはあまり覚えていないが、恐らくそうなのだろう。

正しくは母が暗殺したのではないが、母の愛人とされていた男の一族が暴漢のふりをして父を暗殺したのだと宮廷の貴族たちが囁いている。きっとそうに違いない。

母親の部屋から出ると、いつものように廊下にニコライが待機していた。

なにも言わず、リクの居住部分まで来ると、ニコライが周りを確認して声をかけてきた。

「ご命令をいただけないのでしょうか」

静かに言うニコライに、リクは眉を寄せた。

「命令だと？　何の？」

「あなたのつがいになるか、ナタリアさまの褥に行くか」

まったく感情が読めない。相変わらず表情がない。

「それでも人間か」

「私はあなたの臣下であり、近衛兵《このえ》でもあります。何よりも軍人です。この帝国のために必要なことであるならば何でもいたします」

きっぱりと言い切るニコライに、リクは冷ややかに笑った。

「氷のような男だな。おまえに感情はあるのか？」

「あります」

「うそだ。感情などない」

「何とでもおっしゃってくださってけっこうです。どうかご決断を」

「おまえはどっちがいい？」

「あなたのよろしい方で結構です」

好きでも嫌いでもなく、義務でつがいになるというのか。

「少し返事を待ってくれ」

リクは小さく息をついた。

「わかりました」

「一人にしてくれ」

「承知しました」

ニコライが部屋を出て行く。廊下を挟んだところに彼の部屋がある。

今月の発情期は終わってしまったので、彼がここに泊まることはない。

本当に発情期以外にはまったく触れ合いのない関係。

剣の稽古か、乗馬の練習程度の感覚でリクを抱いているのだろう。

（せめておまえの心が見えたら……）

あの眼帯の向こうの失われた眸《ひとみ》。あの目とともに彼の感情も消えてしまったのだろうか。

まだ彼に両眼があったころ。あのときから好きだ。いや、あの前からずっと彼が好きだ。けれどいつのまにか、ニコライは別人のようになってしまった。

目と足を怪我したときになにがあったのか。尋ねても答えてはくれない。ただその事件のあと、彼から感情がなくなってしまったように思う。

もう心が通じない。肉体をつないでも心は果てしなく遠い気がする。

それが切なかった。

## 3　琥珀の眸

いつもリクが狂おしく思い出すのは、琥珀《こはく》が刻まれた豪奢《ごうしゃ》な宮殿の部屋の奥でニコライと過ごした日々だ。

あれは八年前のことだ。

琥珀と同じ色をした双眸《そうぼう》のニコライが優しく自分を見つめている。

まだ子供の自分と、まだ十七歳くらいのニコライ。

目を瞑《つむ》れば、父が亡くなる前の――母が父を暗殺したと言われている、あの一連の事件が起きる前のリクとニコライの幸せな日々がまぶたの奥に甦《よみがえ》る。

夏の間、一家が暮らしている離宮は、白夜《びゃくや》の季節、いつまでたっても暗くはならない。ほの明るさを残した夜の空に美しい月が上がっていた。

ペトログラードからさらに北上したところにある夏の離宮。そこにも琥珀の間があった。

深夜の離宮で、ニコライと過ごしていたときの思い出。


白夜の時期――リクは幼いころから深夜のほの明るい時間帯に、バルコニーに出て外を眺めるのが大好きだった。

一日で最も落ち着くのだ。昼間は、召使や軍人、女官たちが歩いている廊下からも庭師が手入れに明け暮れている庭園からも、市民が行き交う大通りからも人の姿がなくなり、薄紫色の空間が廃墟のように静まり返っている。

生きているものは自分しかいないような、そんな中にいると、心がおだやかになり、皇太子である枷《かせ》から解放されたような気楽さを感じるのだ。

(本当は皇太子になる資格なんてないのに。ぼくはオメガなのに)

出生直後、医師の検診を受け、リクはアルファではなくオメガだというのがわかった。シベリアで採《と》れる特殊な花の蜜《みつ》に、一滴、血を滴《したた》らせると、アルファは黒に、ベータは白に、そしてオメガは紫に染まるという。

リクは検査をして紫色になってしまった。そのとき、母がとっさに医師に頼みこみ、生まれた子をアルファとして発表してしまったのだ。

次に子供が誕生し、アルファだったときは、長男は突然変異でオメガになったとして修道院に入れればいいと考えてのことだったらしい。

あの日、父と母の事件が起きるまで、そのことを知っているのは、母と医師、それからリク本人の三人だけだった。

幼いリクには、アルファとオメガの違いもなにもわからなかったが、誰にも言えないオメガという身体的な理由があるので、母の許可なく宮殿を出てはならないと厳しく命じられていた。

『いいわね、おまえがオメガということはお父さまにも言ってはいけません。大人になったら肉体が変化し、私の言っている言葉の意味が理解できるようになります。ですから今は私を信じて従いなさい。従者のニコライにももちろん言ってはなりません』

生まれたときから、リクには護《まも》り役として、母の側近《そっきん》の息子のニコライが傍《かたわ》らに仕《つか》えていた。

しかしまだリクが子供で、発情期を迎えていなかったため、ニコライにもその秘密は明かされていなかった。

そんなある日、ニコライが留守のとき、リクが一人でチェンバロを演奏して遊んでいると、酔っ払った父が愛人を従えて乱入してくる事件が起きた。

あれはリクが十歳くらいのとき、まだ父が皇帝だったころのことだ。

「こらっ、リク、下手くそ。何なんだ、そのつまらない音は」

長めの髪を後ろでひとつにまとめた美貌《びぼう》の男性――父だった。酔っ払ったような赤い顔で現れ、父はいきなりリクの頭を拳《こぶし》でゴチンと叩いた。

「リク、そんなつまらないことをしてないで、俺と兵隊ごっこをしよう。男はたくましくなければ。さあ、おまえはロシア兵で、俺はプロシア兵だ」

そう言って、父はリクに本物の剣を手渡した。

あのころ、父は兵隊ごっこが大好きで、よく兵士たちを相手に剣の稽古をして遊んでいたのだ。いつも酒に酔っていて、白い肌を赤く染めて、大勢の綺麗な臣下たちと美女を引き連れていたように記憶している。

「さあさあ、リク、さっさとこっちにくるんだ」

リクを椅子から引きずり下ろし、フロアの真ん中に立たせ、父は剣の切っ先を向けてきた。

「お父さま、この部屋での剣の使用は禁止されています。できません」

剣を返そうとすると、ぐいっと父がリクの胸を剣の先で突いた。鞘《さや》をつけたままだったので怪我はしなかったが、リクはその勢いで後ろに転んでしまった。

遊びではなく、あれはいじめに近い行為だったような気もする。厳格で生真面目《きまじめ》な母への当てつけもあったのだろう。

「ハハ、情けない息子だ。弱々しくて、頼りなくて、庶民《しょみん》の子供のようだな。そういえば、この前、俺が弄《もてあそ》んだ野良猫や野良犬をわざわざ拾ってきて傷を治してやったそうだが、皇子という自覚はあるのか、おまえは」

「えっ、まさかあの動物たちを痛めつけたのはお父さまですか？」

「兵隊ごっこの相手をさせただけだ」

真っ赤な顔でへらへらと笑っている父からは、皇帝の威厳もなにも感じられなかった。

「それはいけません。動物でも人間でも他者を傷つけては……」

「何なんだ、そのひ弱な考え方は。精神的にも女々《めめ》しいが、見た目も華奢《きゃしゃ》で、女みたいだな。本当にアルファなのか？　オメガのようじゃないか」

その父の言葉に、リクはドキッとした。

「まさかオメガってわけじゃないだろうな。俺が確かめてやろうか。といっても、十歳だとまだ発情はしないのか」

リクの襟《えり》を掴んで父が引き上げようとしたとき、すっとその手を剣で止める男の姿があった。鞘に入ったままだったが、剣を向けられ、父は不機嫌な顔で現れた男を見つめた。ニコライだった。

「皇帝陛下、皇太子殿下と兵隊ごっこをなさるのはやめてください。アンナさまから皇太子殿下のところには来ないようにと言われておりませんでしたか」

ニコライは止めに入って、父を追い出そうとした。

「ニコライか。レオンテフ伯爵の長男だったな。おまえは良くて、俺はここにきてはいけないのか？」

「はい、私はアンナさまから許可をいただいております」

「許可だと？　どんな」

「皇太子殿下に音楽やダンス、剣、それから乗馬、勉学を教える役目をいいつかっております」

「優秀だな。容姿もいい。アルファのなかでも上質の男っぷりだな」

当時のニコライはまだ十六、七歳の若さだった。けれどすでに濃艶《のうえん》な大人の男にも似た色香を漂わせていた。

アルファの男特有の妙な落ち着きと静けさ。少し人を斜めに見るようなその眼差しが好きだった。

「ニコライ……それで、おまえ、アンナとは寝たのか？」

「おっしゃる意味が理解できません」

「俺の妻の褥《しとね》に呼ばれたことはあるのかと訊いているのだ」

「そのような質問には、たとえ皇帝陛下であったとしてもお答えする義務はございません。今夜はチェンバロのあと、皇太子殿下はダンスの稽古です。邪魔をしないでください」

「生意気な男だな。俺は皇帝だぞ」

「ですが、神ではございません」

きっぱりと言い切るニコライを、父は目を細め、苦笑いしながら見つめた。

「実にいい男だ。アンナが宮廷に出入りさせるだけのことはあるな」

「おそれいります。それでは、これからダンスの稽古がありますので」

ニコライは父を追い出し、数人の室内楽用の楽師を招き入れると、リクを胸に抱きよせてメヌエットのレッスンを始めようとした。

「踊りますよ」

「あ、待って。今、靴を履《は》き直すから」

さっき転んだときに靴が脱げてしまったのだった。

「私が直しますので、皇太子殿下はそのままで。さあ、私の肩に手を」

ニコライは床に膝をつき、リクの足に靴を履かせてくれた。

「すごいな、ニコライは」

「すごい？」

うん、とうなずくと、楽師たちに聞こえないよう、リクは小声で言った。

「さっき、お父さまは神じゃないって言ったじゃないか」

「ええ、そう申しあげましたが」

「すごくかっこいいなと思ったよ。拍手しそうになった」

笑顔で言うリクに、ニコライは苦笑を浮かべた。

「いけません、さらにお叱りをかうことになりますから」

「わかってる、だからしなかった。あのひとは恐ろしいことを平気でするから」

「皇太子殿下……」

「ちょっとした言葉が気に入らないという理由だけで、お父さま、側近を逮捕しちゃったこともあるもんね。だから、みんな怖がってる。それなのに、あんなにはっきりと言い返して、やっぱりニコライはすごいよ。でも心配でもある。その身が危うくならないか」

「大丈夫です。ふだんは逆らいません。私も自分の身が大事ですので。ただ皇太子殿下にあのように下品な振る舞いをされるのは、たとえ皇帝陛下でも許せなかったので、彼よりも上にいる存在――神という単語を口にしてしまったのです」

真摯《しんし》に、当然のように言うニコライの言葉に、リクは幼いながらも胸が熱くなるのを感じた。

「ありがとう、ニコライ。とても嬉しいよ。だけど、自分の身を大事にしてね。おまえにもしものことがあったら……」

祈るようなリクの言葉に、ニコライは目を細めて微笑んだ。

「私のほうが心配になります。あなたのそのお優しさ。他者への気遣い。傷ついた動物を保護されていたときも、ご自身の服が汚れるのもかまわず、必死にお世話をされて」

「あのときはおまえも服のことなんて気にしていなかったじゃないか。おまえも優しい。だから安心する」

「安心？」

「そう、同じような心の人間が従者だということが嬉しい。救われる」

オメガの皇太子として、母の厳重な監視のもと、自由に友人を作ることはできない。唯一、従者としてニコライがそばにいてくれる。オメガだとは知らず、次期皇帝のためにという思いで仕えてくれているのはわかっているが、彼の優しさや思いやりに、いつも孤独感や不安な気持ちを癒《いや》されていた。

「私こそ、お仕えしている相手があなたのようなお優しい方で幸せです。さあ、リクさま、ダンスのレッスンを始めましょうか」

艶《つや》やかな琥珀色の眸に捉《とら》えられ、リクは口元に淡い笑みを刻んだ。

踊っていると、ふわっと頬の皮膚の上を彼の吐息がかすめていく。

その感覚が大好きだった。

美しいエメラルドグリーンの軍服を身につけた青年将校と、白いブラウスにズボン、ブーツを身につけた十歳くらいのリク。楽師たちが演奏するメヌエットに乗って、甘く踊っていく。

「では、次からは私が女性のパートを担当しますから、リクさまがリードしてください」

自分よりも背の高い彼をリードするというのも変な話だが、それでも子供ながらに彼をリードできるのが嬉しかった。

彼からはいつもリラの甘い香りがしていた。その香りを嗅《か》いだとたん、胸の奥が甘く疼《うず》き、息苦しくなった。

胸の前で合わされた手に自分の手を重ねると、ぐっと彼にひきよせられる。

ニコライの体温に包まれていくのを感じながら、甘美《かんび》なメヌエットの旋律《せんりつ》にたゆとうように踊っていく。

外にはいつまでもほの明るいままの白夜が広がっている。窓の向こうの庭園がほんのりとした薄暮《はくぼ》のなか、浮き上がって見えた。

燭台《しょくだい》の火だけが灯《とも》った室内で、ニコライが身体を反転させると、ふたりの影がふわっと大きく揺れる。互いの吐息が触れあうような距離で踊っていた。

「この時間が一番好きだ」

ぼそりとリクが呟くと、ニコライが小首を傾《かし》げる。

「ニコライと一緒にいる時間が大好きだ。ずっとこうしていられたらいいね」

リクが微笑みかけると、ニコライは切なそうに微笑した。

「ええ、そうですね」

なにか物言いたげな、それでいて心の奥の感情を隠そうとするような眸をしている。

「皇太子の臣下としてでなく、一人の友人としてそばにいてくれる？」

「あなたの？」

「そう、一人の人間として」

祈るように言うリクに、ニコライは静かに微笑した。

「あなたがお望みでしたら、私はずっとお側《そば》にいますよ」

耳元でニコライが囁くと、背筋にぞくりとした快感が駆け抜ける気がした。

今思うと、あれも発情の予兆だったのかもしれないが、まだ十歳のリクにはその感覚がなんなのかわからなかった。

見あげると、甘い琥珀色の眸と視線があう。ただの琥珀色ではない。最高級の、太古から続く深い歴史を宿した上質の琥珀の色をしている。

あのときが一番幸せだった。

しかし次の日、父が殺される事件が起き、リクとニコライの人生は大きく変わってしまった。

それ以来、宮廷内は騒がしくなり、国内のあちこちで暴動が起き、しばらく内乱状態が続いたのだ。

数ヵ月後、母が女帝に即位して国家が落ち着くまで怒濤《どとう》のような日々だったように思う。そして気がついたとき、二人の関係は変わってしまった。

その内乱の最中に、ニコライは目を失い、足にも深い傷をおってしまった。しばらくは杖《つえ》がなければ歩けないほどだった。

あの日以来、ニコライとリクは一度もダンスを踊っていない。

＊

「いいわね、ニコライ。おまえはリクを一生守るのよ」

「承知いたしました。命に代えても」

ニコライが女帝アンナとそう約束したのはいつのことか。


明け方から降り始めた大雪がペトログラードの街を白い世界に包んでいくなか、ニコライは自身が目を失ったときのことを思い出していた。

リクはその事件について殆《ほと》ど覚えていないし、まったく見当違いのことを思いこんでいるようだが、ニコライの目と足を傷つけたのは、内乱を起こした暴徒たちではない。

その犯人はリクの父――フョードルだった。


事件の発端《ほったん》は、フョードルが、リクの秘密を知ったことだった。

リクがオメガだとわかり、公表しようとしたのだ。

メヌエットをレッスンした翌日のことだった。レッスンの前、リクの部屋にきたとき、フョードルは息子がオメガだとうっすらと気づいたようだった。

それもあり、翌日、性別検査のできる花の蜜《みつ》を持ってリクの部屋を訪れ、兵隊ごっこをして遊ぶ振りをしてわざと怪我をさせたのだ。

ニコライは止めに入ろうとしたが、隣の部屋に閉じこめられてしまった。そして鍵穴から様子を確かめながら、二人の会話を聞き、リクの秘密を知ってしまったのだ。

「紫色……やはりリクはオメガだったのか」

フョードルがおかしそうに嗤《わら》う。

(皇太子殿下がオメガ。やはりそうだったのか)

生まれたときから間近にいて、アルファとして既に性的にも大人になりつつあったニコライは、リクのそばにいると、どうしようもなく劣情《れつじょう》を煽《あお》られることがあり、自分のそんな衝動をずっと不思議に思っていた。なので、薄々、リクはオメガではないかと疑っていたが、どうやらそれで合っていたらしい。

フョードルはリクがオメガだとわかり、激しい怒りを感じている様子だった。

「――アンナのやつ、俺を廃して、息子に王位を継がせるつもりのようだが、オメガなら皇太子にはなれない。面白い、公表してやる」

「お父さま……やめてください……っ！」

いやがるリクを抱え上げ、紫色に染まった証拠の液体をビンに入れ、フョードルが部屋から出て行こうとした。

「やめてくださいっ」

ニコライは体当たりして扉の鍵を壊して、とっさにフョードルに剣を向けた。

「この野郎、なにをする」

リクをその場に投げ、フョードルは剣を抜いてニコライにかかってきた。兵隊ごっこは好きでも、フョードルの剣の技術は大したことはなかった。彼の剣を払っただけで、ニコライの剣がフョードルの肩を大きく傷つけていた。

「う……っ……」

血を流してよろめくフョードル。飛び散る血飛沫《ちしぶき》に驚き、リクが愕然《がくぜん》としている。

「ニコライ、よくも皇帝を傷つけたな。おまえは死刑だ。誰か、誰かこの男を逮捕しろっ」

フョードルが廊下に出て兵を呼ぼうとしたその時、先にそこに現れたのはアンナだった。

「フョードル、逮捕されるのはあなたの方よ」

「なんだと。では、俺を廃して、このオメガの皇太子を王にするというのか。ちくしょう、オメガの皇太子なんて、とっとと殺してやる。おまえとも離婚だ。再婚して人生をやり直すぞ」

そう叫んだフョードルのほおをアンナは持っていた剣の柄《つか》で力強く殴りつけた。

「く……っ」

歯が折れ、口を血まみれにしたフョードルがその場に倒れこむ。その様子を目《ま》の当たりにし、リクはショックのあまり失神してしまった。

「かわいそうなリク。大丈夫よ、お母さまがあなたを守ってあげるわ」

失神した息子を抱き上げると、アンナはニコライに命じた。

「この男――フョードルを逮捕しなさい。フョードルはリクを殺そうとしたのよ。そんなことはさせません。そのためにも私が女帝になります」


その後、フョードルを病気ということにして女帝が即位することになったが、しばらく国内は混乱した。

女帝は、ことを荒立てることを良しとせず、宮廷内の厳重に警備された地下牢にフョードルを幽閉した。

「リクはショックのあまり、高熱を出してしまったわ。記憶が曖昧《あいまい》みたい。フョードルが彼にしようとしたことは黙っていて。実の父親による皇太子暗殺未遂なんて、世間に知られたら大変なことになるわ。帝国に問題があるとして列強から攻められる口実を与えることになる。そうならないよう、内密に」

「ですが、リクさまはお母さまが愛人とお父さまを殺そうとしたと勘違いし、そんな悪夢ばかりご覧になって苦しんでおられます」

あれ以来、リクはずっと悪夢を見てうなされている。

父親が母親に殺される、自分もいつか母親に殺されると。

ちょうど父親から殺されそうになったところだけ、ショックのあまり、記憶が抜け落ちてしまったのだ。

「それならそのように誤解させておけばいいわ。記憶がないならそれに越したことはないでしょう」

女帝は悠然とほほえんだ。

「い……いいのですか。あなたが憎まれることになるのですよ」

「ええ、そんなことはかまいません。国家のためにも、リクのためにも、伏せておいた方が良い事実があるのです」

「……っ」

そのとき、女帝の国を思う気持ちに圧倒された。と同時に、彼女が息子を深く愛していることにも気づいた。

世の母親とは違うが、彼女は彼女なりに精一杯息子を思っている。

「女帝陛下、お気持ちはわかりますが、それではリクさまがあまりにもお可哀想です。母親から愛されていないと思われたままになりますので、どうかその勘違いだけは、撤回《てっかい》なさった方が良いかと」

悲劇だと思った。

オメガに生まれ、父親が息子を皇太子にさせまいと、暗殺しようとした事実。

その事実を知らないリクは、母が愛人とともに父親を殺したと勘違いしている。宮廷の中に、彼にそう囁く者もいたのかもしれない。

女帝は、誤解しているのならそのまま誤解させておけばいいと言っているが、それはあまりにも女帝にとってもリクにとっても悲劇だと思ったのだが。

「誤解を解く必要はないわ。あの子自身にすべてを悟《さと》らせるの。君主として生き残るためにはそのくらいの洞察力と真実を見抜く力は必要よ。おまえも余計なことは一切言わないように」

女帝の言葉からは帝王になる人間の孤独が伝わってきた。と同時にリクを真の君主に育てようとする決意の重みも。ニコライは「わかりました」と答えた。

「私はなにを訊かれても、知らないふりをします。そしてそのようなことを考えないようにと皇太子殿下にお伝えします。しかるべきときまで」

いつか彼が大人になったとき、彼が帝王となるときには、きっと事情を理解できるようになるはず。

だからそのときまで、彼に余計な不安を与えない方がいいのかもしれない。

「ありがとう。では、それまではおまえが従者として彼を守るのですよ」

「承知いたしました」

彼がオメガだった事実も含め、王家の秘密を知ってしまったことがその後のニコライの運命を変えた。

リク自身に対する愛《いと》しさもあったが、当時はそれだけではなく、女帝からの信頼を得られたことや宮廷で地位を手に入れられたことなど、自身の野心が満たされたことへの喜びもあった。けれど、少しずつリクへの愛しさがそんなニコライの野心を超え、ただただ純粋に彼を守りたいという気持ちへと変化していった。

「ずっとそばにいてね」

悪夢を見るたび、そう言って、ニコライの手を握りしめてくるリク。

オメガでなければ、父に疎《うと》まれることもなく、国民を騙す必要もなく、こんな過酷な運命を強《し》いられることなく、皇太子として堂々と生きていけたのに……と思うと、彼が不憫《ふびん》で、同時に、それでも健気《けなげ》に皇太子として勉強や武芸に励《はげ》もうとする彼のまっすぐさを愛しく思った。

特にそう感じたのは、ニコライの立場に嫉妬する彼の従兄たちから濡れ衣を着せられたときだった。

王位継承の資格も持つザハールという、リクの従兄《いとこ》が仕掛けた罠《わな》だった。

琥珀でできた皇太子の指輪が行方不明になる事件があったのだ。

琥珀に透《す》かし彫《ぼ》りがされ、光を当てると彼のイニシャルが浮き上がるようになった神秘的な指輪。

それがニコライのポケットから出てきて、泥棒の濡れ衣をかけられ、逮捕されそうになったのだが、リクは当然のようにニコライを庇《かば》った。

「ニコライは罠にはめられたんだ。ぼくの従者がそんなことをするはずはない」

宮廷の裁判所できっぱりとそう言ったリクは、いつもの自信のない彼とは違い、生まれながらの皇太子としての高貴さと輝きを漂わせていた。

「指輪の存在は王族しか知らないものです。しかも私しか使えない限定のものをわざわざ彼が盗む動機が見つかりません。そもそも皇太子としてそのような真似をする人間を従者にはしません。私はそこまで愚かではありませんので」

法廷で毅然《きぜん》として言うリクの姿に、彼が優しいだけの人間ではなく、次期君主として冷静にものごとを見極める眼差し、そして矜持《きょうじ》を持っていることに気づいた。

「それでもなおニコライを有罪とするなら、罪は主君である私にあります。一番近くにいる従者が無実の罪を着せられているのは私の不覚であり、私の不名誉でもあります」

彼の不名誉……。

その言葉に、救われる気がした。

濡れ衣などすぐに晴らせるとは思っていたが、彼が自分を信じて疑わないその事実が嬉しくて胸が熱くなったのだ。

あのとき、ニコライはリクに本気で恋をしたのかもしれない。

それからしばらく穏やかな日が続いていたが、数ヵ月後、幽閉場所からフョードルが脱走する事件が起きた。

彼は再びリクに手をかけようとした。リクを殺してさらに女帝も暗殺するつもりだったらしい。

そのようなこともあるだろうと思い、ニコライは、事前に彼の収容所に内偵を送っていた。内偵からすぐに連絡を受け、フョードルが殺そうとしたすんでのところでリクを安全な場所に隔離《かくり》した。しかしリクを助けたあと、ニコライは大勢の軍人を引き連れたフョードルに捕えられてしまったのだ。

「またおまえか。しつこい男だ。リクのつがいにでもなるつもりか」

ニコライを隠れ家に連れていき、フョードルは地下牢で腹いせのように拷問《ごうもん》をしてきた。

「この前も、ザハールを使って罠をかけたのに、リクのやつ、裁判でおまえを信じると証言したそうだな」

忌々しそうに言うフョードル。彼が罠をかけた黒幕だったのか。

「フョードルさま、どうしてそこまで息子を憎むのですか」

「オメガのくせに帝王になろうとしているからさ」

「国民を騙していることが許せないのですか」

「そうさ。俺と同じオメガなのに」

フョードルの口から出てきた言葉に、ニコライは全身を震わせた。

「……っ……では……あなたも」

「そうだ、同じオメガなのに、俺はアンナに皇帝の座を奪われてしまった。なのに、アンナは自分の子でもないのに、俺ではなく、リクを皇帝にと考えている」

「女帝の子でない？」

「ああ、リクは俺が産んだ子さ。男の愛人と俺の間にできた……」

「な……っ」

それは世間に知られると国家の存亡に関わるような危険な事実だった。

リクは、世間の噂では、女帝と愛人の子と言われている。

しかしそうではなく、オメガのフョードルがつがいの男との間に作った子供だったのか。

「ではリクさまは、いずれにしろ正統な王位継承者となりますね」

「オメガでなければ……な。だがあいつはオメガだ。俺と同じ。それなのにどうしてアンナのやつは……」

「それはリクさまが優秀な方だからですよ」

あなたと違って……という言葉は付け足さなかったが、そのニコライの態度にフョードルは苛立ちを感じたのか、いきなりベルトを引き抜き、勢いよく叩いてきた。

「……っ」

両手を鎖《くさり》で繋がれたまま、それから激しい拷問が続いた。

「ニコライ、おまえはリクに唯一信頼されている人間だ。暗殺に協力しろ。アンナにとって、リクという帝国の後継者がいることは、政治的な安泰を意味する。リクを失い、しかもやつがオメガだとわかったら、アンナは破滅だ。俺はそれが見たい」

高らかに笑うフョードルの声があたりに反響する。彼らのあいだには誰にもわからない激しい憎しみが存在しているのだろう。

「リクのいる場所に連れて行ってくれれば、俺の手先にしてやる。女帝を廃し、俺が皇帝に返り咲いたときは、おまえにはしかるべき地位を約束する」

フョードルのそんな甘言《かんげん》にニコライが乗ることはなかった。

フョードルがアンナにかなうわけがないのだ。

アンナはすぐに軍隊をよこし、フョードルの隠れ家は囲まれ、再び彼は逮捕され、それだけでなく、彼に協力していた貴族たちも一斉に逮捕された。

そのとき、ニコライは目を失い、足も引きずるほどの大怪我を負ってしまった。

地下の牢獄で血まみれになっているニコライを助け、彼女は言ったのだ。

「リクを助けてくれてありがとう。フョードルは暴漢に殺されたと発表します。フョードルが何をしたのか、彼がオメガだった事実も含めて、どうか今回のことは誰にも言わないで」

「わかりました」

女帝は夫のフョードルを宮廷の地下、自分のすぐそばに幽閉し、絶対に外に出られないようにし、彼は殺されたと発表した。

彼を殺したのは、宮廷に忍び込んでいた暴漢。

ニコライも暴漢によって目と足に傷を負った、と。暴漢は兵に射殺され、身元は不明と発表があった。

「わかりました。今回のこともリクさまには言いません。その代わり、この先、彼が成人したあとも従者としてそばに控えさせていただけますか」

ニコライは女帝に懇願《こんがん》した。

「成人したあとも？」

「オメガであることも知っています。命に代えて口を噤《つぐ》みます。ですからどうかリクさまのそばに、生涯、従者として仕えることをお許しください」

「生涯？　それでは伯爵家の家督《かとく》はどうなるのですか」

「家督は弟に。私は結婚はせず、リクさまの影となって生きていきます」

「どうしてそこまで」

「……彼を愛しているのです」

「……っ」

「元々彼のお優しさが好きでした。傷ついた動物を助けられたり、臣下である私の身を心から案じてくださったり」

「ええ、あの子は優しい子ね。フォードルとはまるで正反対」

「父親から愛されず、いつも孤独で、誰とも触れ合うことを許されず、ひとりぼっちで過ごされている彼の家庭教師をしているうちに、その素直さ、愛らしさに惹かれていったのです。と同時に彼の高貴なプライドに」

「あの子はまだ子供ですよ」

「子供ですが、愛しくてしょうがないのです。とても美しい心と傷つきやすい繊細な魂、それから誇り高い精神をお持ちです。その美しさ、気高さをお守りしたいと思うのです」

「その恋心、あの子には生涯伝えないと誓いますか」

女帝の突然の言葉にニコライは目を見開いた。

「え……」

「皇太子には愛も恋も必要ありません。ですが、お前があの子を陰ながら片恋を秘めて愛し続け、生涯、守り続けるというなら、あの子のすべてをお前に任せましょう」

「すべて……とは」

問いかけると、女帝は艶やかに微笑した。

「言葉通りよ。愛を隠す代わりに、あの子の肉の相手を。発情期の伽《とぎ》をつとめなさい。そしていつかあの子を孕《はら》ませるのです。オメガのあの子を」


いつか彼を孕ませる――。

あの日、ニコライはオメガである彼を抱いてもいい権利を得た。

それから八年……。

リクが発情期を迎えるたび、ニコライは彼を抱いていた。

そして昨夜もそうだった。


一ヵ月に一度の彼の発情期。

「ん……っ」

ニコライの肩に触れるリクの吐息が心地いい。顔をそこに埋《うず》めて眠っているリクの、形のいい頭をニコライは愛しさをこめて優しく撫でた。

「皇太子殿下……」

髪を撫でながら、耳の付け根にそっとキスをし、甘噛みする。

昨夜、絶頂を迎え、体内にニコライの迸《ほとばし》りが溶けると、いつものようにリクは快感の果てに意識を失った。

（この時間だけが俺に許された彼との蜜月のような気がする。一生、影でいい。伝わらなくてもいい、こうしてあなたのそばに居られるのなら）

もう二度とリクとダンスを踊ることはない。その代わり、こうして褥を共にできる。

彼に気持ちを伝えない代わりにずっと一緒にいられる。

影になろう、そう決意している。

生涯、守り続けよう。

改めて胸のなかで決意しながら、もう一度、ニコライの腕を枕にして眠っているリクにキスする。

何て愛らしいのだろう。

愛しくて愛しくてどうしようもない。

雪の降るペトログラードの暗い夜、リクが意識を失っているほんの少しの間、このときばかりは彼への愛しさを表しても許される気がして、ニコライはその額やほおにキスをくり返す。

満たされたような自分の顔がガラス窓に映っていた。

普段は表情を消し、人形のように彼に接している。

大好きだ、愛しい、誰にも渡したくない、俺のものだ——そんな本音が出てこないよう、氷のように表情を隠して。

こちらの本音がわからないので、リクはきっとニコライのことを恐れているのだろう。女帝の犬、女帝の駒《こま》——そんな目で見ているように感じる。

愛されていることを知らない故《ゆえ》に、女帝の命令通りに動く人形と思っているようだ。だがそれならそれでいい。どうせ一生告げられない想いなのだ。

ただそばにいることができれば。

そして彼のつがいになり、孕ませることができれば、それで十分だ。

心はいらない。むしろ邪魔だ。

彼への恋心で、肝心《かんじん》なときの判断を誤ってしまっては大変なことになる。

それに、彼の妻に無駄な嫉妬心を抱いてしまう。

形式上でも彼の妻となれる女性に。

だから心を殺して、生涯、臣下として彼のそばにいて、彼を守るという立場でいられるよう、常に感情を見せないようにして生きている。

そんなニコライに対し、リクが苛立ちを覚えているのは知っている。

『おまえのそういうところが嫌いだ』

はっきりと言われてしまった。

そのことに胸が切り裂かれそうになったが、それでも泣くことも傷ついた表情をすることもできなかった。

愛しているからこそ、そばにいたいからこそ、彼の前では氷の彫像のようでいなければ。

ニコライはそう決意していた。

# 4　アルファの従兄

昨日まで凍っていたネヴァ河の氷が轟音《ごうおん》を立てて崩れ始めると、ペトログラードに春が訪れる。雪が解け、夏の宮殿に移る前に、エルミタージュ宮殿でリクとナタリアの結婚が執り行われることになっていた。

「皇太子殿下、今日は乗馬大会とオペラのご予定が入っております」

ニコライが部屋に現れ、リクは深い息をついた。

「そろそろ発情期が近い。どうにか休むことはできないか」

近々結婚式が行われるせいか、例年になく宮廷は浮き足立っていた。

バレエやオペラ、舞踏会、乗馬大会等々の華やかな催《もよお》しが毎日のように開催されている。リクは劇場での鑑賞には必ずナタリアを伴《ともな》い、舞踏会でも彼女の相手をつとめていた。

「わかりました。明日からの予定は、体調不良を理由に少し減らしましょう。ただ今日の乗馬大会のレースは、各国の大使が列席する大切な日なので出席してください。あなたの乗馬の技術を見せつけないと」

オメガなので、やや肉体的に男らしさの欠けているリクは剣も銃もそう得意ではない。だが乗馬だけは得意だった。

子供のころからニコライに教わっていたので、せめてこれだけはという気持ちからか、宮殿にある屋内の馬場《ばば》でよく稽古をしていたのだ。

「では、今日までは出席する。乗馬服に着替える、手伝ってくれ」


冬の宮殿から一ブロック先にある離宮の前の広々とした屋内馬場が乗馬のレース会場になっていた。

十八歳から二十八歳までの王族の子弟《してい》や有数の貴族の若者が参加するということもあり、各国の大使を始め、大勢のロシア貴族が見学にやってきていた。

「あちらが待機所です」

雪が少なかったので馬車に乗り、細い運河沿いにある離宮の前まできたとき、リクはふいに自分の身体の奥が熱くなるのを感じて顔を引きつらせた。

「ニコライ、待機所に行くのは無理だ」

発情期だ。まずい。このままの状態で待機所に入ってしまうと、そこにいる全員にリクがオメガだとバレてしまう。全員がアルファだからだ。

「……薬は？」

「二錠《じょう》飲んできた。だが、ダメだ、発情初日は……他の日よりも発情が激しくて」

馬車のなか、リクはニコライの腕を強く掴んだ。

「わかりました。では手前の修道院で降りましょう。まだ二時間あります」

ニコライは御者《ぎょしゃ》に命じ、離宮に隣接する修道院で馬車を止めさせた。

「皇太子がレース前にお祈りをなさるので少し待っていてくれ」

馬車を待機させ、ニコライに抱きかかえられるような形で修道院の中にある室に入っていく。

あたりには誰もいない。人の気配もしない。

「……ここは？」

「私が用意しておいた場所です。万が一、レース会場であなたが発情期を迎えても大丈夫なようにと」

「さすがだな……」

　ニコライらしい。用意周到だ。

「当然です。外出時はもしものときのことを考え、二人きりになれる場所を必ず確保しております」

「すまない……面倒ばかりかけて」

「いえ、これが私の仕事ですから」

　仕事……。そうだった。これは彼の仕事。リクがオメガであることを隠し続けることが。

「それにしても……レースの日が発情期に当たってしまうなんて」

「大丈夫ですよ、二錠、薬を飲んでいらっしゃることですし、いつものように熱を冷ませばやり過ごせるでしょう」

「ああ」

　時間がないため、いつもよりも性急に肉体を繋がなければならない。

「早くしてくれ。できるだけ」

「わかりました。衣服のままなので、今日はじかに乳首を可愛がることができませんが、どうかお許しを」

「いいから、さっさとぼくの中に挿《はい》ってくるんだ。さあ、ここに」

　ズボンのベルトをゆるめ、そう命じると、ニコライはリクの乗馬服を脱がせることなく、立ったまま、片足を抱えこんだ。

「早く……乗馬に間に合うように」

「ご安心下さい。まだ時間には余裕があります。ただ一気に挿ることをお許しいただけますか？」

「ああ、いい、いいからおまえがしやすいようにしてくれ」

リクの言葉に促《うなが》されるかのように、ニコライが奥を穿《うが》ってくる。ズンと下から串刺しにされ、内臓が圧迫されるような感覚に包まれる。すでにぐちょぐちょの蜜壺《みつつぼ》になっていた肉の狭間《はざま》にニコライの肉棒が引きずりこまれていく。

ニコライが欲しくて疼《うず》いていた内部が満たされ、どくどくと体内で脈動する存在を実感したとたん、よけいにそこが感じやすくなって甘い痺《しび》れがつながっている場所から脳へと突きあがっていく。

「ああ……あっ」

リクは大きくのけ反《ぞ》り、ニコライにしがみつき、そのまま極まりそうなほどの甘ったるい声を出していた。

「気持ちに焦りがあるせいでしょうか、いつもより感じやすいですね」

冷静に言いながらも、ぐいぐいと突いてくる彼の動きは激しい。

「ん……ああ……っ」

荒々しいまでに手短かな性行為だというのに、こうしてニコライに抱かれただけでリクの身体も満たされる。

一方で心は満たされない。

オメガゆえなのか、それとも彼が好きだからかわからないが、こんなふうに無理やりにでもセックスをしなければいけない事態に陥《おちい》るたび、どうしてオメガに生まれたのだろうと哀しくなるのだ。

いつももどかしさに泣きたくなってしまうのに、肉体だけは異様なほど熱く昂《たかぶ》っているのが忌々《いまいま》しい。

「あっあっ、ニコライ……っ……そこ」

「ここがよろしいのですか?」

「ああ、そこ、もっと……激しく」

こんなことを口にするのは恥ずかしくて仕方がない。けれどニコライとの交わりはどんなときも自分が自分でなくなる。

リクが命じて、彼が従う。初めて発情期がきたときもそうだった。

当然のようにニコライに命じた。

抱いてくれ——と。

あのときから、もうどのくらいこんなことをしているのだろう。リクの内壁は、ニコライの形をすっかり覚えてしまった。

ニコライに貫《つらぬ》かれると当然のように粘膜《ねんまく》がやわらかくほぐれ、妖しく収縮して彼の性器を締めつけてしまうのだ。

「ああっ……あぅっ」

きりきりと壁に爪を立て、リクは身悶《みもだ》えた。自《みずか》ら腰を揺らし、淫靡《いんび》な声をあげて、その背中をかきいだき、必死になって熱を発散させていく。

「あっ、あぁ、あぁ……ああっ、あああ」

カーテンの向こうに離宮が見える。

そこから馬のいななきが聞こえ、レースに参加する貴族たちが次々と集まっている様子が伝わってきた。

それなのに発情期を迎えたリクの肉体は理性も羞恥《しゅうち》もなく、身体の奥から湧いてくる発情の勢いに従ってニコライを求め続けてしまう。

「いい……あっ……あっあぁ！」

ニコライの肉棒が敏感な粘膜を抉《えぐ》り、こすりあげ、そこから生まれる苛烈《かれつ》な快楽にリクの全身は蕩《とろ》けたようになって、ぴくぴくと震える。

「ああっあっ、はあ、んっ…」

うっすらと目を開けるとニコライの片方だけの琥珀色の眸と視線があう。

立ったまま、彼にしがみついた形でつながっているせいか、いつもよりも眸が近くて、快楽とは別の甘い感覚に胸の奥が疼く。

大好きな大好きなニコライ。どうしようもないほど彼が好きだ。

相変わらずニコライはといえば毛筋ほども乱れていない。オメガのリクの肉体だけがどろどろに熱に溶けたように妖しく乱れている感じだ。

どんなときでも、ニコライがリクと同じように乱れることはない。それどころかリクを壁に押し付けて、抱き合うような格好で片腕にその足を引っ掛け、内部をかきまわしながらも、ニコライの目はどこか冷静で、憐《あわ》れむようにこちらを見ている気がしてならない。

かわいそうなオメガ。

快楽の虜《とりこ》になっているオメガ。

その目がそんなふうに自分に語りかけてくる気がして胸が軋《きし》んでくる。それと同時にリクの胸に激しい餓《かつ》えが広がっていく。

「あっ、ニコライ……もっと……もっと……そう、激しくして」

肉体の餓えが止まらない。

いや、これは違う。

これは心の飢《う》えだ。肉体と心が同調しあって、異様なほどの飢餓状態のままニコライを感じとろうとしている。

「ああ……っ……あ……ぁ……ああ、はあっ」

「いつになく激しいですね……そんなにいいのですか？」

ぐいぐいと下から突いてくるニコライの吐息が皮膚に触れるだけで心地いい。汗に濡れた皮膚を吐息で撫でられたような気がして背筋が痺れてしまう。

「あぁ…いいっ、最高だ……いいっ」

こんな関係が長く続くとは思えない。

オメガとして彼のつがいになるか、彼をナタリアの元に送るか。もうすぐ選択しなければならない。

本音だけをいえば、ナタリアの元になど送りたくない。自分のもの、自分の伽《とぎ》の相手でいて欲しい。

けれどそれがニコライのためになるのだろうかという気持ちが湧いてくる。

オメガの性処理のためのアルファ。

国民を騙しているオメガに忠実に仕《つか》えてくれる臣下。

もしこの嘘が世間にバレてしまうと、リクだけでなく、ニコライも破滅してしまう。

女帝の血をひくリクは、王家の人間として修道士になることで許される可能性がなくもない。けれどニコライはどうなるのか。黙っていたことで臣下として、処刑されてしまう可能性が高い。

リクが処刑されたとすれば、彼も同時にされるだろう。リクが助かったとしても、彼は処刑される。これまでのこの国の裁判ではずっとそんな感じだった。

(それなら……せめて彼だけでも守らなければ)

好きだからこそ、愛しているからこそ彼には安全な場所にいて欲しい。

そのためにも、自分がどうすべきなのかはわかっている。

ただあまりにも彼が好きすぎて、ぎりぎりまでこんなふうにしていたい、と願ってしまうのだ。タイムリミットはナタリアとの結婚式の前日。

(……結婚式の前の日、ぼくはオメガであることを世間に知らせないと)

そんなことを考えながらも、発情期の身体はニコライとの性交に激しく身悶えてしまった。

けれどそのおかげで発情は治まり、薬も飲んでいたので、いつも通り、誰にもオメガだとわからないような状態に戻すことができた。

「それでは参りましょうか」

ニコライに連れられ、再び馬車に乗って、隣にある離宮へと向かう。

「では、私は外で待機していますので」

レースの参加者のいる場所には、従者は入ることはできない。出場者以外がいると、馬が神経質になって暴れてしまう可能性があるからだ。

ニコライと離れ、厩舎《きゅうしゃ》の前で乗馬服を整えていると、ちょうど前から現れた従兄《いとこ》のザハールが声をかけてきた。

「リク、久しぶりだな」

親しげな話し方をしてくる。七歳年上の、父方の従兄で、陸軍の士官をつとめている。焦《こ》げ茶色の髪に青い目をした美しい王族だった。

「ちょっといいか」

腕を引っ張られ、物陰へと連れられていく。

「……知らなかったよ、従弟《いとこ》どのがオメガだったなんて」

「……っ」

ザハールの突然の言葉に驚愕のあまり、顔から血の気《け》が引く。

匂いを消しきれなかったようだ。

足元がふらつき、愕然《がくぜん》とするリクの前にひざまずき、ザハールは忠誠を誓うように手にキスをしてきた。

「安心して。秘密は守る」

「ザハール……」

「大丈夫。誰にも言わないよ。国家的な大事になるのはごめんだ」

「どう……して」

「従弟どのがオメガということは……おそらく国家機密だろう？　それを漏らしたらどんなことになるか、女帝の怒りを買うことくらい想像できるからね」

「想像？」

「そう。それにきみがオメガだと世間に知られたら、内乱が起きてしまう」

「……っ」

全身に冷水を浴びたように、青ざめた顔でリクはザハールを見つめた。

「女帝陛下への反乱分子がクーデターを起こし、この国は内戦状態に陥るよ。プロシアから攻められる口実にもなる。あるいはクリミアの土地を巡って戦争をしているトルコに弱みを見せることに」

「そう……だな」

ザハールの言葉に、リクは視線を落とした。

ナタリアとの結婚式の前の日に、国民に謝罪するつもりでいた。ずっと騙していたことを。

もちろん、母とは関係なく、知っていたのは自分だけということにして。

けれどそう簡単なものではない。それが発覚すると、国際問題になりかねないのだと改めて認識した。

「ぼくはアルファの振りをし続けなければいけないのか」

「ああ。国を弱体化させてしまう。せっかく平和になったのに。だからきみがオメガだということは決して口外しないよ」

「ありがとう……ザハール」

国民に、自分はオメガだと告白するのはたやすい。

リクにとっては最も楽なことだろう。たとえ処刑されたとしても、国家を背負っている今の立場から解放される。嘘をついている罪悪感から逃れることもできるし、これ以上、ニコライとのいびつな関係を続ける必要もない。

ニコライに罪はない、自分だけが騙していたのだ、とすれば。

けれど国際問題に発展する可能性があるのなら、そのタイミングを誤ってはいけない。

「もう少し時間が欲しいんだ。オメガではあるが、そのことに対して、自分がどうすればいいのかまだ気持ちの整理ができてなくて。だからザハールが黙っていると約束してくれるのはありがたい。感謝する」

「リク、これまでさぞ孤独だっただろう」

ザハールはふいに震える声で言った。優しく、慈《いつく》しむような暖かな声音で。

「ザハール……」

見れば、彼の眸がうっすらと潤《うる》んでいる。とても哀しげな目をしていた。

「どうして……きみが涙なんて」

問いかけるリクをじっと見つめ、ザハールは眸からぽろりを涙を滴《したた》らせた。

「リク……きみのことを思うと胸が痛くて」

「ぼくをって」

「この帝国の君主になるため、きみがこれまで払ってきた犠牲、孤独感を思うと、胸が締め付けられて涙が出てくるんだ。同じ王家の人間として、少しはきみの重荷がどんなものなのかわかるつもりだよ」

本当に？　本当にそんなふうに思ってくれているのか？

「私もこれまで悩んだものだよ。王家の人間に生まれたことに対して。たかが遠縁の私でさえ苦しんだのだから、きみはもっとすごく悩んできたのじゃないかと思うと切なくなる。涙が自然と出てくるんだ。もちろん、きみの苦しみを私ごときがすべて理解できるわけではないが」

「……っ」

わかってくれているのか。いや、わかろうとしてくれているのだろう。

「親族として助けあわないか。女帝は、私を遊び人として遠ざけているが……遊び人というのは……いけないことか？」

「え……」

「私はただ楽しく生きたいんだ。権力も地位もいらないんだよ。きみにとって替わろうという野心もない。だからできたら遠ざけないでほしいな。ずっと秘密を抱えていたなんて、これまでさぞ孤独だっただろう」

突然のその言葉に疑問を抱きながらも、彼に話を合わせた。

「ありがとう……そんなふうに思ってもらえて嬉しいよ」

「友人になろう、リク。もっともっと心を開いて仲良くなろう、せっかくの親族なんだから」

「ありがとう」

「それで……きみがオメガだということ……ニコライは知っているのか？」

探るように問われ、リクは首を左右に振った。

「いや」

これだけはたとえ誰であっても知られるわけにはいかない。彼が知っていたとわかると、どんな目にあうか。

「本当に？　近くにいるのに？」

「ああ、ごまかしてるよ」

「でも彼もアルファだろ？　気づいているんじゃないのか」

「さあ。でもそういう話はしたことないから。いつも薬を飲んでいるし」

そんな話をしているうちに乗馬の始まる時間になった。

それぞれ馬に乗ってレース会場へと向かう。その途中、ザハールが馬ごと近づいてきて、小声で問いかけてきた。

「きみ、ニコライのこと、どう思っているんだ？」

「どうって」

「いや、きみの秘密を知らないのなら、なにも四六時中、一緒にいる必要はないじゃないか」

リクは周りを確認した。人が大勢いるなかでする話題ではないが、あえて聞かせるくらいの気持ちでわざとニコライを悪く言った。

「仕方ない、母の命令だ。護衛としてそばに置いているだけだ。いずれ、遠ざける予定だ」

「遠ざける？」

「ああ。母の命令とはいえ、あの鉄面皮《てつめんぴ》の男がそばにいるのに疲れてきたんだ。彼の役目は近いうちに終わるよ」

ザハールにそう説明しながら、本当に彼を手放さなければ……と心の中でリクは改めて決意していた。

まずニコライを遠ざける。それから国際的な問題がどうなっているのか見極めた上で、自分が実はオメガだったと告白する。

その後は、処刑されるか修道院に行くことになるか、この国の司法に身を委《ゆだ》ねる。リクはそう決意していた。

「そうか。もううんざりなのか、ニコライのことは」

「そうだよ、もうあの男は用なしなんだよ」

リクが言うと、ザハールがおかしそうに笑った。

優しい言葉と思いやりのある態度で接してきているが、信頼できない、と思った。

この態度。あまりニコライのことは好きではないようだ。子供のころ、いろんな事件が重なって混乱のあまり、記憶が曖昧なことも多いが、昔、ニコライが琥珀を盗んだ罪に問われかかったことがあったのをうっすら覚えている。あれはザハールも関係していたはずだ。野心はないと言っているが、うそだ。きっとこの男には何か目的があって、そのためにはニコライが邪魔なのだろう。

「リク……発情期がきて、アルファの男が欲しくなったら声をかけてくれ。秘密を知る者として、協力するから」

周囲に聞こえないようぼそりと小声で耳打ちされ、リクは作り笑いを浮かべた。

「ありがとう。もしかしたら世話になるかもしれないが、そのときはよろしく」

信頼させておかなければ。この男の目的がわかるまでは。本気で共感しようとしてくれているのか、それとも今の言葉や涙が嘘なのか。

(嘘でなかったら……嬉しい。一人でも友達ができて。でも嘘であってほしいとも思う。なぜかわからないけど……そうであってほしい、と)

# 5　つがいの夜

淡い街灯の光がネヴァ河に映っている。バルコニーに立つと、宮殿の対岸にある海軍省の明かりが見えた。

その先にあるクロンシュタット埠頭《ふとう》。そこに各国からの豪奢《ごうしゃ》な船が到着している。もう来週に控えたリクとナタリアの結婚式のための来賓《らいひん》たちである。

「リクさま、女帝がお越しです」

レースの数日後、ちょうど発情期が終わったころ、めずらしく母がリクのもとを訪ねてきた。

人払いをさせ、扉の外にニコライを立たせたあと、女帝は呆れたような顔で言った。

「先日、乗馬の会場で、ナタリアが倒れました。客席で観戦中に」

「え……」

倒れた？　結婚式は来週なのに。

「病気ですか？　それとも暗殺未遂？」

「どちらでもないわ……流産したのよ」

「……っ」

「相手はおまえだと言い張っているわ。彼女はおまえがオメガだとは知らないからね」

オメガは妊娠することはあっても女性を妊娠させることはできない。

「ニコライに、彼女の褥《しとね》に行くように命じたことは?」

「いえ……」

「そう。では相手は別の男ね。とにかく結婚は彼女の体調を理由に延期するわ。事と次第によっては中止し、別の相手との縁談を考えましょう」

彼女の体調は心配だったが、結婚が延期になるのはありがたかった。このままだと来週までに結論を出さなければならなかったからだ。

ザハールにオメガであることを知られたと母に報告すべきか迷ったが、結婚の延期等でそれどころではなさそうだったので、もう少し様子を見てからにしようと思った。

母が去ったあと、リクはナタリアへの見舞いを用意するようにとニコライに命じた。

「婚約者として見舞いに行くべきだが、まだ面会できないらしい。急いで花だけでも届けるよう手配を」

「承知いたしました」

ニコライが廊下に出て、女官に花を用意するようにと指示している間に、リクは書庫に入り、資料のなかから彼女の実家の家系図をとりだした。

「そうか……そういうことか」

資料を見ていると、ザハールの母親と彼女の母親とにつながりがあることがわかった。

(もし……ザハールが以前からぼくがオメガだと知っていたら？)

だとしたら、リクがナタリアと関係が持てないことを承知の上で、彼女の相手をし、宮廷を混乱させようとしても不思議ではない。

先日、親しげに話しかけてきた件といい、以前にニコライを罠《わな》に陥《おとしい》れようとしたということといい怪しすぎる。

(やはり誰も信頼できないんだ、誰一人……友達なんてできない)

すさまじい孤独感を抱きながらも、心のどこかでホッとしていた。

ニコライを敵視し、罠にかけようとする人間が、もし本気で自分を案じて涙を流してくれたら、それはそれで困ったことになるところだった。

自分はどんなことがあってもニコライを守りたいのだから。

(さて……ザハールをどうするか)

もしザハールが王位に野心を抱いているのだとしたら、近いうちにリクになにかしらしかけてくるだろう。

その前に……ニコライを遠ざけなければ。リクがオメガだと発覚すれば、彼も破滅してしまう。危険の中に引きずりこむわけにはいかない。

「花は手配しました。ところでナタリアさま……妊娠なさっていたようですね」

用事を済ませ、ニコライが戻ってくると、リクはわざと彼を挑発するように言った。

「おまえだろ、父親は」

「……っ」

さすがにいつもは無表情のニコライもほんの少し眉間にしわを刻み、いぶかしげにリクを見た。

「私をお疑いなのですか」

「ああ。それ以外、考えられないじゃないか。ぼくがオメガだと知っているのはおまえだけだ。ナタリアに手を出してもぼくが文句を言えないことを承知の上で彼女を抱いたのだろう?」

彼ではないことはわかっているが、わざと濡れ衣を着せ、彼を遠ざけるいいチャンスだと思った。

「お待ちください。あなたのご命令があれば別ですが、結婚式の前に彼女の褥に行き、ましてや妊娠させるような真似をするわけがございません。それが国家にどれほどの危険を招くか、私は十分承知しております」

その通りだろう。リクが結婚式を終え、自分の代わりにナタリアのところに行けと命令するまで、彼は絶対に彼女を抱くことはない。そんなことはわかっている。

「口では何とでも言えるだろう。ぼくはおまえが犯人だと思っている」

「どうしてそのようなことを。先日のレース会場……ザハールさまと話をしていらしたご様子ですが……なにか入れ知恵されたのですか？」

「別に」

リクはあえて意味深な笑みを口に浮かべた。

ザハールとの会話を彼が盗み聞きしていたのは知っている。

最初に控え室のあたりでザハールと話をしていたときの会話は聞かれていない。

しかしその後、馬に乗ってレース会場に移動している途中、ニコライと一瞬すれ違ったことは気づいていた。

だからあえて彼に聞こえるように言ったのだ。

『あの男は用なしなんだよ』——と。

ザハールにリクが悪口を言っていたと気づいてくれるように。彼は用なしだ、彼を疎《うと》ましく思っている、という言葉が本人の耳に入るように。

「皇太子殿下、私よりもザハールさまを信頼されるのですか」

「彼は大切な従兄だよ。父の姉の子で、ぼくの次の王位継承者だ。本気でぼくを案じてくれている。そんな相手と仲良くなりたいと思ってもいいだろう？」

「わかっているのですか。ザハールさまなどと友人になってどうなるか。どうか彼とのお付き合いをおやめください」

「おまえに命令されるとはな」

彼がめずらしく反抗してくるのが嬉しかった。

嫉妬されている気がして。もちろん、彼は国家と立場のことを思ってそう言っているのだろうけれど。

「ザハールさまを近づけるのはやめてください。アルファですよ、つがいにされたらどうするのですか」

「その心配はない。彼はそんな男ではないよ」

「どうしてそう言い切れるのですか」

いつになくニコライが険《けわ》しい表情をしていることに、リクはいびつな喜びを感じていた。

「なら、おまえがつがいにしろ」

挑発的に、ニコライを試すように言ってみる。

「皇太子殿下？」

困ったような、戸惑ったような顔で自分を見るニコライに艶然《えんぜん》とほほえみかける。

「ぼくの首筋を噛めばいい。それでもうつがいだ」

「いいの……ですか」

「おまえは命令なら、ぼくのそこを噛むのか？」

「え、ええ」

「では命令でなかったら？」

「そんなことはしません」

きっぱりとニコライが言う。

「なら命令しない。ぼくはおまえのものではない。自由に生きる」

「自由に？」

「ああ、伽《とぎ》の相手をザハールに替えてもいいことに気づいた。彼もアルファだ。一度、あの男にも抱かれてみたい」

リクは艶《つや》やかにほほえんだ。

「な……」

初めてニコライが顔を歪《ゆが》めた。この八年間、一度も見たことがないような絶望に似た眼差しだった。

なぜかその眸の色に胸が甘く疼いた。怒っているのか絶望しているのかわからないが、こんな表情をするのは初めてだったからだ。彼の心が動揺している。それが眸に現れると、不埒《ふらち》にも嬉しくなる。彼の感情がそこにあるからだ。

「ニコライ、もうおまえはクビだ。ぼくの命令を待たずに、ナタリアを抱いて妊娠させた罪は重い」

「それは濡れ衣です。どうか私を信じてください」

「信じる？　もうそんなうっとうしいことはどうでもいいんだ。犯人でも犯人でなくてもどっちでもいい。とにかくおまえに四六時中監視されている今の生活にうんざりしているんだ。だからちょうどいい、ナタリアと姦淫《かんいん》した罪で解雇してやる。ここから出て行け」

「嫌です」

「命令だ、出て行け。母上には、おまえを英国かフランスの大使にするように伝えるつもりだ」

「皇太子殿下……どうして」

「語学が得意で美しくて頭もキレる。今後は表舞台で活躍しろ、国家のために」

「私を国外に遠ざけるおつもりなのですか。そんなひどいことをなぜ」

どうしたのか、ムキになったようにニコライが問いただそうとしてくるのが嬉しかった。

独占欲？　この男が？　これまで氷のようだったのに……。

「では来月はどうされるのですか。発情したとき、次は、その肉体を……ザハールさまに鎮《しず》めてもらうつもりですか」

「どうでもいいだろ。アルファなら誰でもいいんだから」

「嫌です、あなたを誰にも渡しません」

ニコライは強引にリクの腕を掴み、ベッドに押し倒してきた。

「ん……っ……」

「皇太子殿下、ザハールさまだけではありません、誰とも関わらないでください。あなたの秘密は私だけのものです」

「あぁ……っ……く……ああっ」

衣服を脱がされ、乳首を舌先で嬲《なぶ》られる、彼の指に肉襞《にくひだ》を広げられ、くちゅりというういやらしい音を立てて捏《こ》ねまわされていく。

命じてもいないのに。それなのにニコライが自分を求めている。

その驚きと喜びに胸が熱く震えた。このまま振り払うことはできただろう。けれど彼の激情を受け止めてみたかった。

どうせもうすぐ手放すのだ、それならその前に一度だけでも。

「どうか私をそばに置いてください。あなたが疎ましく思わないようにいたしますので」

「ダメだ、おまえの存在自体が疎ましいんだ。来月の発情期からはザハールを褥に呼ぶ」

そんなことをするつもりはない。

それまでにニコライを欧州の大使にし、自分がオメガだと告白すれば、発情期に無理にアルファと寝て、肉体の熱を抑えこまなくてもいい。

抑制剤《よくせいざい》だけを飲み、専用の修道施設で過ごせば……。

「どうしてそんなことを。長年お仕えしてきた私よりも従兄というだけであんな男を信頼されるのですか」

「従兄で、友達だ。対等な関係でいられるのがいい」

ニコライにはこの嘘をつき通さなければ。

「あんなのは友人にはなりません。あの男が何の理由もなくあなたと接すると思うのですか。ありえない」

吐き捨てるように言うと、彼はリクの後孔《こうこう》の内側に指を入れ、骨ばった指の関節で粘膜《ねんまく》をこすりあげていった。

そのとたん、発情期でもないのにカッと生じた摩擦熱にむず痒《がゆ》さをおぼえ、リクはたまらず腰をくねらせた。

「あぁ……あぁぁっ！」

知らなかった。発情していなくてもリクのそこは感じてしまうらしい。

「あなたを案じているんです」

案じている、という言葉にリクはおかしくなって笑った。

案じられるよりも愛されたい。本当は愛されたくてたまらないのだ。けれどこのままだと彼に危険が及ぶ。

愛しているから。大好きだから。一緒に破滅させたくない。

それが言えなくて、どうしようもなくおかしくて涙を流しながら嗤《わら》うことしかできない。

「案じられたくない……おまえなんかいらない。それよりも友達が欲しい」

「あなたという人は皇太子としての自覚がないのですか……」

乱暴に指をひきぬかれ、大きな手に荒々しく双丘《そうきゅう》をひらかれる。そしてリクのひざを腕にかけ、ニコライは一気に貫いてきた。あまりの衝撃と痛みに息もできない。

「いや……あぁ……っあ……あぁ」

乱暴に掻きまぜるようにえぐられる。

発情期ではないので、リクの肉体は男を受け入れる状態にはなっていない。そのせいか、いつもよりも苦しくて、痛くて、つながっている場所がぴりぴりと引きつった。

「あ……っ……痛っ……や……ああ」

ぽろぽろと涙が流れ落ちる。

「どうしたのですか。そんなに私に抱かれるのが嫌なのですか」

ずんと強く突かれ、リクはぐずぐずと泣くことしかできない。

「ん……っ……ああっ……いやだ……そう……いやだ……おまえなんて」

嘘だ、嫌ではない。嬉しい。ただ苦しいだけだ。発情期とは違うから。

けれど同時にその痛みがたまらなく心地よくもあった。

リクからの命令を待たず、欲望のまま戒《いまし》めのように抱いている。

多分、いつもより弛緩《しかん》していないせいで、後孔は傷ついているはずだ。

血が出ているのがわかる。

いつもはリクの身体に絶対に傷をつけまいとしている彼が、今はそんなこともかまわずに。

こんな嬉しいことはこの先きっとないだろう。

それならば、とことん乱暴に扱われたかった。

臣下としての義務ではない。こちらへの戒めにも似た独占欲で、強姦のように彼が抱いている。そのことへのいびつな喜びに浸《ひた》りたい。

心が通じあわないまま、発情期だけの情交を重ねるよりもこの方がずっと心が満たされる。もう義務のような性行為に疲れてきていた。乱暴でもひどくても、そこに相手が欲しいという気持ちがあったほうが嬉しいのだ。

「ん……っ……ああっ」

このまま偽装で婚姻して、この男とつがいになって子供を作って、国民を騙し続け、いずれ母に殺されてしまうかもしれない人生に何の価値があるのか。

プロシアに全員滅ぼされたらどうなるのだろう。

母もニコライも自分も。

そうすれば楽になれるのではないか。

いっそすべて滅びてしまえば面白いのではないか。

この国も何もかもなくなってしまったら、どうなるのか。自分とニコライの魂はどうなるのだろうか。

(いや……やっぱりおまえだけは守りたい。ぼくの人生に巻きこみたくない。危険な目に遭わ

せたくない）

ニコライには生きていてほしい。幸せになってほしい。

自分なんかのために、生涯、この宮廷に縛られ、人形のように、オメガの皇子に奉仕するだけの人生なんて送らせたくない。

大好きだから。今日まで、ずっとずっと守ってきてくれたことに感謝しているから。だからオメガとして破滅する可能性のある自分の未来から、ニコライを遠ざけたい。

そんなふうに思っているせいだろうか、こうしていると、どういうわけか夏の離宮で、メヌエットを踊っていたときのことを思いだして、純粋に彼を愛している想いだけが胸に残る。

あのときはニコライに屈託《くったく》なく甘えることができた。一緒に過ごせることが当たり前で、心と心、魂と魂がつながっているように感じていた。

それなのに目を失ってから――リクがオメガだとわかってから、彼は人が変わったようになってしまった。

オメガとアルファという関係だけで身体をつなぐ。

つなげばつなぐほど彼が遠くに行ってしまう気がして切なかった。

二人で笑いあうようなこともなくなった。心をひらいて話をすることもなくなった。ただ発情を抑えるためだけのセックスしかしていない。

二人で食事をすることもない。もちろんふたりでダンスを踊ることもなくなってしまった。

（ぼくが欲しかったのは……今のような関係じゃない）

静かな夏の離宮で、メヌエットを踊った時間が懐かしい。なにより愛しい。

あれはいつまでも空がほの明るい白夜の日のことだった。

あの時間に帰りたい。あのときの二人に戻りたい。

「ニコライ……っ」

もう戻らない日のことを振り返りながら、リクはいつになく欲望を剝《む》き出しにしてくるニコライの腕で身もだえた。

「ああっ……っ……っ……もう……どうか……っ…」

最初はきつかったのに、いつのまにかニコライはリクの感じやすい場所をこすりあげていた。何度となく肉体を結合させてきたのだから、そのくらいわかっているのだろう。いつしか腰が蕩《とろ》けそうな甘美《かんび》な感覚が広がり、リクは甘い声をあげていた。

「あっ、ああっ、あああっ」

「すごい、リクさま、発情期でもないのに、なかが激しくうねってますよ。このまま私を食い殺してしまいそうなほど」

荒い息を吐きながらリクの腰を引きつけて、ニコライはさらに激しく突いてきた。荒々しく揺さぶられ、もうそれだけで達してしまいそうに極まって全身がぴくぴくと痙攣《けいれん》していた。

「あっ、ああっ、や……あっ」

「もっと乱れてください。私のためだけに存在してください。誰とも触れあわないでください。お願いですから」

お願い――――？

どうしてそんな願いを？　と訊きたかったが、それよりもニコライから与えられる快楽が凄《すさ》まじくてリクはなにかを冷静に考える余裕はなかった。

命令ではなく、義務でもなく、彼の意志で抱かれている。そのことが嬉しかった。

ニコライが少しでも自分に対して感情を表してくれる、そのことが。


「ん……っ」

ずるりと彼がリクの内部から性器を引き抜く。

生まれて初めて、発情期以外にセックスをした。痛かったけれど、いつもよりもずっと満たされているのが不思議だ。義務ではなく、欲望と感情のおもむくままの情交がこれほど愛おしいものだったなんて――。

けれどリクは心を殺して言った。これ以上ないほど冷たく。

「……ニコライ……。気が済んだのなら出て行け」

そう言われるのがわかっていたように、ニコライは懇願《こんがん》してきた。

「リクさま、どうか私を逮捕してください。あなたを無理やり犯して、傷つけました」

まさかそれが彼の目的なのか？　国外にやられまいとして。

「犯された覚えはない。ぼくがやりたくておまえと寝た」

そうだ、愛しているから寝た。今、その幸福感をおぼえている。

「しかし、あなたに怪我を」

「乱暴にされて気持ち良かった。だから罪には問わない。それよりも一人にしてくれ。ここから出て行け」

言いながらゆっくりと起きあがったそのとき、リクの視界にシーツに散った血の雫《しずく》が映る。窓から射す青い月の光のせいか、それが赤ではなく紫色に見えた。

「紫の血か……まさにオメガだな」

自嘲気味に呟いた瞬間、ふいに脳の中で聞こえてくる声があった。

『紫色……やはりオメガだったのか』

そう嘲笑《あざわら》うようにして言ったのは誰だったのか。無理やりリクの腕を傷つけ、その血を取ったのは……。

（あれは……父上だ……）

思い出した。まだ子供のころ、オメガということを知られて父に殺されそうになったことがあった。そのとき、ニコライが助けて、父を傷つけて……そこに母が現れた。

「ニコライ……待て」

部屋から出て行こうとするニコライをリクはとっさに止めた。

「思い出した……。ぼくが父上に殺されそうになったときのことを。おまえはあのときにぼくがオメガだと知ったのか」

「……皇太子殿下」

扉の前でニコライが振り向く。

「父上を殺したのは母上と愛人ではなかったのか？」

「どうされたのですか、突然」

「子供のころ、ぼくは何度も夢を見た。母が愛人と二人で父を殺す夢を。そして目を覚ますたび、おまえがそばにいた。そのとき、おまえの目は両方とも無事だった」

なかば混乱しながら記憶をたどるように言う。

「いきなりどうされたのですか」

「父を殺したのは誰だ？」

ニコライの顔色が一瞬変わったのをリクは見逃さなかった。

「あの日、宮殿にいたはずだ。ぼくとメヌエットを踊った日」

「ええ、おりました」

「あの翌日もメヌエットを教えてくれることになっていた。でもあれが最後だった。翌日、父上がぼくを殺そうとした。オメガだと知って……そのとき、おまえが助けてくれた」

「……っ」

ニコライが視線をずらす。

「そのあとのことは思い出せない。でも女官たちがうわさしていた。父上は暴徒ではなく、母上とその愛人が暗殺した、と。あのとき母が父を？」

「それは……記憶違いです。あなたのお父様は、あのメヌエットを踊った翌日には亡くなられていません。ただ私と揉《も》めたのは事実です。私は彼を傷つけました。本来なら、処刑されるべき行為でしたが、女帝の恩情で許されました」

「それはぼくを助けたから？」

「そういうことになります」

「なら、どうして今日までそのことを言わなかった」

「あなたがお忘れになっていたので、あえて言うことでもないと思ったのです。私は皇太子を守ることが仕事でしたから、職務を果たしたまでのことです」

またいつもの淡々とした無表情のニコライに戻っている。さっき、無理やりリクを抱いたときのような彼の姿はもうひとかけらもない。

やはりオメガと知ったときから、彼にとってはリクは蔑《さげす》むべき存在となったのだろう。あの日を境に変わってしまったのだから。

「もういい。いつもそうだ、おまえは肝心《かんじん》のことを口にしない。助けたなら助けたと言ってくれればよかったのに。だからおまえを疑いたくなるんだよ、今回のことだって、ナタリアを孕《はら》ませたのではないかと」

本当は疑っていないが、こう言ったほうが彼を遠ざけられるから。

「疑いは晴れませんか？」

「当然だ。今だってそうじゃないか、こっちが腰がガクガクになるほど激しい行為をしてきて。こんな男、信頼できるものか」

自分で言いながら、なに、バカなことを口にしているのかと思った。だが、突き放さなければ。何としても。

「いずれにしろ、おまえにはもう用はない。最後に別れのセックスもしたことだし、もうぼくの前から姿を消してくれ。今後はザハールを呼ぶから。新しい相手と寝るのが楽しみだ」

わざとへらへらと笑って言うリクをニコライは呆れたような眼差しで見つめた。

「失望しました」

「……っ」

「変わられましたね、リクさま」

気を悪くしている。それが伝わってきて嬉しかった。リクはふっと笑みを口元に刻んだ。

「変わった？　どういうことだ？」

「あなたをそんなふうにしてしまったのは私ですか？　それとも女帝？　あるいはオメガというその性ですか？」

　どこか侮蔑《ぶべつ》にも似た口調で言われ、リクは突き放すように返した。

「どうだっていいだろう、そんなこと。もともとこういうやつなんだよ、ぼくという人間は」

「私はあなたのおそばにいられることを生涯の使命と思って参りました。あなたはオメガでも皇太子として立派に役目を果たし、ゆくゆくは、人の心の痛みの分かる帝王になると信じて」

「ニコライ……わかっているのか、基本的にオメガは帝王になれないんだぞ」

「いいえ、オメガだからこそあなたに帝王になっていただきたかったのです」

「ニコライ？」

「オメガなのに王家に生まれてしまった苦しみ。それは私にはわかりません。おそらくあなたにしか。それだからこそあなたが帝王になるべきだと思うのです」

「だからこそ？」

「誰よりも苦しんでいるあなただからこそ、他者の痛みや苦しみのわかる帝王になられると思うのです。昔から、あなたは誰よりも優しい人だった。あなたがオメガだとわかるまで、どうしてそんなにも優しく、どうしてそんなにも孤独なのか、その理由が私にはわからず、ずっと不思議に思っていました」

ニコライは切なげにリクを見つめた。その琥珀色《こはくいろ》の眸《ひとみ》は、かつてメヌエットを踊っていたときのような、甘い優しさと温かさに満ちている。

「でもオメガだと知ったとき、ようやく謎が解けました。と同時に、あなたの孤独と苦しみを思い、胸が痛くて泣けてきました。いえ、今も泣けてきます」

ニコライがうっすらと眸に涙をためている。こんな彼は初めてだ。感情がない人間だったはずなのに。

ニコライは書斎のデスクのひきだしを開け、そこに入っていた琥珀の指輪をリクに突き出した。皇太子の称号とリクのイニシャルが透かし彫りで刻まれた指輪だった。

「それは?」

「これを盗んだという嫌疑《けんぎ》がかかったとき、あなたは私を信じてくれました。私が盗むわけはない、盗みをするような男を従者にしないと。私はあのときのあなたの誇《はこ》り高さに感動しました。あなたは優しくて淋しいだけの人ではなく、信じた相手をとことん守ろうとする気高《けだか》い人でもあるのだと知って。だからこそあなたに生涯仕えようと思っていたのに」

「そのことか」

あの当時のことはいつも霞《かすみ》がかかったようによく思い出せない。でもわかることはある。ニコライが指輪を盗む人間かどうか。そんなものを求める人間でないのは百も承知だ。

「おまえは……絶対にものを盗んだりはない人間だ」

「それならどうして、今、私を疑うのですか」

「それは……」

「私がナタリアを孕ませた？　そう思いたければ思えばいいです。私が発情期の伽をつとめるのを疎ましく思われるのなら、いくらでも遠ざければいい。ザハールさまがいいのなら好きなだけ彼と寝ればいい」

ニコライはいつになく激しい口調で言葉を続けた。

「私とどちらを信じるのか、あなたに任せます。疑いたければいくらでも疑ってください。逮捕したければすればいい。クーデターを起こしたければ起こせばいい。全てあなたの意志に任せます。私は言い訳もなにもいたしません」

初めて見るニコライの熱のある言葉に、リクはショックを受けた。

彼にこんな一面があったのか？

彼はこんなにも激しいものを内側に潜《ひそ》ませていたのか？

それに……ぼくの誇り高さに感動しただと？

「私を信じないならけっこうです。私をクビにしたければすればいい」

ニコライはまっすぐリクを見つめた。

「あなたがその程度の眼差ししか持ち合わせていないのなら、あなたに命をかけてお仕えしたいと思った自分が愚《おろ》かだったと思うだけのことです」

「……っ」

「私は、いずれあなたが帝王としてご立派に政務につかれる日を信じてお仕えしてきました。オメガゆえの苦しみや葛藤《かっとう》に裏打ちされ、国民の気持ちが理解できる、真の心の目を持った君主となられることを。それなのに、ザハールさまごときのつまらない讒言《ざんげん》に騙されるような男に忠誠を誓うことはできません。あなたには失望しました」

失望した。そのニコライの言葉がさらにリクの胸を深くえぐった。

彼の感情に触れた気がしたからだ。これまで決して見せようとしなかった彼の心の揺れをこんなふうに目《ま》の当たりにすることになるとは。

「では、おまえはぼくがオメガだから蔑んでいたのではなく……オメガだからこそ立派な王になると信じていたのか」

震える声で問いかけるリクに、ニコライは、しかし表情を変えずに毅然《きぜん》と返した。

「答えは、ご自分で見つけなさい。それができないようでは、エリク皇太子、あなたに君主になる資格はありません」

答えは自分で見つけろ……。

ニコライのその言葉にリクはどうしていいかわからず、戸惑っていた。

（どうしよう……本当に大切な答えはどこにあるんだ）

彼を助けたかった。オメガだと告白することで、罪に問われ、処刑されるか幽閉《ゆうへい》されるのを覚悟をした上で、彼だけは守りたいと思って。

（なのに……オメガだからこその君主になれだと？）

ニコライの見ていたもの。ニコライが信じていた自分の未来。それがあまりにも偉大すぎて気づきもしなかった。

（そんなに……期待してくれていたのか、こんなぼくに。だから感情を殺して仕えてくれていたのか）

わからない。ニコライがわからない。自分もわからない。どうしたらいいのかわからない。

頭が混乱し、リクは無性に彼と二人でメヌエットを踊った場所に行きたい気持ちに駆られた。

夏の離宮。白夜の季節に過ごしていた思い出の宮殿。

まだ雪がちらつく季節なので、あそこに行くのは数ヵ月後だ。

ああ、でもあそこに行きたい。あの日、何があったのか。父が自分を殺そうとして、ニコライがそれを助けようとして、そして母が現れて。

もう一度、あのときのことを思い出すためにも、あそこに。

そんな思いから、リクは宮廷を飛び出していた。

衛兵の交代時間に紛《まぎ》れ、地下道を進み、秘密の抜け道から外へと出る。いざというときに逃げられるよう、宮殿から道路を横切ったところにある橋のたもとに着くようになっていた。

リクはそこから外に出て、公園を通って大通りへと進んだ。

しんしんと頭上から降る雪。三月末になり、ネヴァ河の氷も溶けてきたというのに、また寒波がやってきたらしい。

毛皮の帽子とコートを身に着けてきたものの、雪が路上に積もり、ペトログラードの街は重く沈んだ冷気に包まれていた。

「……っ」

辻馬橇《つじばそり》を拾おうとあたりを見まわした瞬間、しかしリクは身体が異様な熱に包まれたことに気づいた。

「くっ……これは……」

内側から燃え上がってくるような猛烈な衝動に、肉体の熱とは裏腹に心臓が凍りつきそうになる。

まずい、発情期だ。どうしよう、昨日終わったと思っていたが。

もしかしてニコライと寝てしまったことで再燃したのか？

（しまった、薬を持ってこなかった）

すぐに宮殿に帰らなければ。すぐに薬を取りに。

急いで公園に戻って、橋の下に向かおうとしたそのとき、不意に数人の人影がリクを囲んだ。帽子と目隠しをして何者かわからないような格好をしている。

「これはこれは……」

「すごいな、発情期の匂いがすると思ったら、こんなところにお貴族様のオメガがいて、しかも皇太子さまとは」

「皇太子か。では忍びこまずとも向こうから飛びだしてきてくれたのか」

「本当だ。エリク皇太子じゃないか」

「連れ出しに行くつもりが外で遭うとは何と運がいい。それにザハール様がおっしゃっていた通り発情中だ」

ザハール？　しかも連れだそうとしていただと？　オメガだということも知られている？　やはり彼は思った通りリクを裏切っていたのか。

「ザハールが何て？　きみたちは彼らの知り合いなのか？」

リクは彼らに問いかけた。

「知り合いだったら？」

「いや、いいんだ。ちょうど遊び相手が欲しくてうろうろとしていたところだ。ザハールも呼んで一緒にぼくを楽しませてくれたら、金貨を用意してもいい」

相手の出方をさぐるため、わざと気を許させるようなことを口にした。

「本当に？」

彼らが嬉しそうな声を上げる。

「よし、ザハール様を呼んでこよう。賭博《とばく》で借金してね、皇太子を拉致《らち》したら借金をなしにしてくれるというから」

そういうことか。そんな約束をしていたのか。

（母上もザハールは遊び人だと毛嫌いしていたが、賭博にまで手を出していたとは。彼を失脚させる格好の材料だ）

肉体は発情にどうにかなってしまいそうだったが、頭では冷静にそんなことを考えていた。

「……うらやましい……賭場《とば》の常連だとは。今度、連れて行ってくれ」

「ああ、いいぜ。ザハール様だけじゃない。イワン様もいらっしゃってる。そのあといつも娼《しょう》館《かん》に繰り出して、一晩中楽しんでるんだ」

「女帝には内緒だぞ。ちゃんと俺たちで皇太子さまを可愛がってやるからさ」

イワン——彼も王位継承権のある従兄の一人。つまり二人とも賭場や娼館の常連ということか。

（では、この国を継げるまともな人間は、結局、ぼくしかいないということなのか）

オメガということで王位を継ぐ資格はないと思っていたが、オメガでもリクが一番まともだと言っていた母の言葉の意味がようやく理解できてきた。

「さて、皇太子さま、どこで遊んでくれる？　この先にちょうどいい教会があるんだが」

男の一人に連れて行かれそうになったそのとき、リクはポケットから銃を取り出した。

「……っ」

「ぼくに触れるな！」

「な……」

「ザハールとイワンのこと、教えてくれてありがとう。あいにくぼくは君たちと遊ぶ気はないから」

冷たく言い放ち、彼らに銃を向けたまま、宮殿の前に向かおうとしたそのとき、ふいにあたりに銃声が響きわたった。

ズガーンっ。という音とともに銃弾がリクの手をかすめ、手から拳銃がこぼれ落ち、勢いよく雪の上に転んでしまった。

「……っ」

ハッと見ると、目の前に銃を手にしたザハールの姿があった。

「油断は禁物だよ、従弟どの。……さあ、いくぞ。今の銃声で兵士がやってくる可能性がある。さっさとそいつを雪橇《ゆきぞり》に入れろ」

ザハールが近くに潜んでいたなんて。

それならもっと油断させてから逃げればよかった。

いや、そんなことよりも宮殿を抜け出さなければよかった。

雪用の橇に押し込められ、リクが連れて行かれたのは、ネヴァ河沿いの人気《ひとけ》のないロシア正教の廃教会だった。

表玄関は戸口を打ちつけてあるが、裏からは簡単に入ることができた。

聖イサーク教会と記《しる》されていて、中には古びたイコンが飾られている。

「……っ……！」

中に入ったとたん、リクは自分の肉体がどうしようもないほどの熱に支配されていることに改めて気づいた。

このままだとこの男たちを求めてしまいかねない。誰でもいいからセックスして欲しいと叫んでしまいかねない。

（どうしよう……ニコライ……ぼくはどうしたら……）

猛烈な肉体の劣情《れつじょう》に頭がどうにかなりそうだ。

「……っ……っ」

はあ、はあ……と息が上がっていくのを止めることができない。

そんなリクの姿を男たちがおかしそうに眺めている。

「すごいな、皇太子がオメガだったとは。しかも偶然、発情期に出くわすとは」

「偶然じゃない。ザハール様が数日前にわざわざ発情促進剤《そくしんざい》を彼に飲ませたんだからな」

発情促進剤――？

「な……そんなものを飲ませたのか」

知らない。いつのまに……。

そう思ったとき、数日前、乗馬大会でのことを思い出した。

帰り道、体が温まるからとウォッカの入った紅茶をいただいた。

一緒のポットから注がれたものだったので安心して飲んだが、まさか。

「……っ」

どうしよう。促進剤などを飲んでしまったら、完全に発情を抑えることはできない。

「あ……っ」

祭壇にうつ伏せに押さえこまれ、抗《あらが》おうにも両腕を押さえられてどうしようもない。

「………っ」

複数の男たちに次々と衣服を脱がされていく。

「発情期のオメガだ、とことん遊んでも大丈夫だ」

「押さえつけておけ。俺がつがいになって彼を孕ませてやる。そのあと、おまえたちも好きなだけその孔《あな》に突っ込ませてやる」

ザハールの下卑《げび》た言葉に血の気がひく。ここまでひどい人間だったとは……。

「や……そんなことは……な……っ」

「さあ、楽しませてもらおうか」

ザハールの罠なんかに負けたくない。誰が感じたりするものか。

そう思うのに、軽く乳首をつつかれただけで、そこがツンと尖り、さらなる刺激を求めて皮膚が粟立《あわだ》つ。

「あぁ……っ！」

下肢には、きゅんとした甘い疼《うず》きが広がっていく。性器の先端に濡れた雫《しずく》がにじみ始めているのが自分でもわかった。

「ん……っ……こんな……っ」

だめだ、肉体がどんどん熱くなっていくのを止められない。

腕を捕まえられたまま、男たちが上からのしかかってくる。

「いや……いやだ……やめて――っ！」

必死の懇願の声が、聖堂内に響き渡る。だがどんなにもがいても、どうすることもできない。

いやだ、これだけは……どうか……ニコライ……助けて……。

（ニコライ……っ）

もうどうしていいかわからない。意識がどうにかなってしまいそうだ。

身体の熱がいつもの発情時よりも異様なほど急上昇し、動悸が激しくなっていく。

こんなにも熱くなったのは初めてだ。肌が汗ばみ、全身が性感帯になったように快感を求め、脳が沸騰してしまいそうだ。

「では、今から俺のつがいにする」

ザハールが後ろからリクの首筋に歯を立てようとした瞬間、リクはとっさにのしかかっていた彼の腰からナイフを抜き取った。

「……っ！」

気がつけば、ナイフの切っ先がザハールの腕をかすめ、血しぶきが飛び散っていた。

「……こいつ、よくも」

驚いてナイフを取り上げようとするザハールから逃れるように後ずさり、リクは自分の首筋を軽く傷つけた。

「何をするんだ」

「……痛みで……発情の熱を冷ます」

そんなことができるかどうかわからなかったが、首筋の傷の痛みで、ほんの少し身体の熱が冷めていくような気がした。

大丈夫だ、かえってこれで冷静になれる。そのとき、ふいに真紅の血しぶきや自分の傷の痛みの向こうに何か見えてくるものがあった。

突然リクの脳裏《のうり》をよぎる映像。ニコライといるとき血を見て、思い出しかけた曖昧《あいまい》な映像
……それを血の匂いと色彩が再びよみがえらせようとする。

（あ……あれは……ニコライ……そして父上……）

完全に思い出した。

ニコライに二度助けられたのだ。

一度目は、オメガだと知られたとき。

そのあと、何度も母が父を殺す夢を見て泣いていた。

そのとき、まだニコライの双眸《そうぼう》に傷はなかった。足も無事だった。

それから二度目。

ベッドで眠っているまだ子供のころのリクに、鋭いナイフを向けている父——フョードル。

それを助けようとしてフョードルとニコライが揉み合っている。

驚きとショックで泣き叫ぶリクをニコライが助けて、母の愛人にあずけた。しかし父にニコライは捕まってしまって……。

（そう……そうだったのか）

父のせいでニコライは死にかけたのだ。目と足をそこで失ったのだ……。

完全に思い出した。一連の事件で起きたことをすべて。皮肉にも、今、この瞬間に。

ああ、ニコライにそのことを言わなければ。

ここから逃れて、彼にすべて思い出したことを告げなければ。

そう思ったのだが、傷の痛みを凌駕《りょうが》する激しい発情の熱に襲われ、リクは祭壇におさえこまれたまま、腰を大きくよじらせた。まずい、このままだと大変なことになってしまう。

そんなリクに再びザハールがのしかかってくる。彼がリクの首筋に今度こそ歯型をつけようとしたそのとき、教会の扉が爆発した。

「……っ」

ダイナマイトの音が響き渡り、煙の向こうから一人の男が現れる。

「誰だ、そこにいるのは」

緊迫した空気。一瞬、男たちの動きが止まる。

「……っ」

煙のむこうからコツコツと静かなブーツの音が聞こえてくる。

上品な、それでいて少し引きずるようなその靴音には聞きおぼえがあった。

奥から現れたのは長身の一人の男。背後に数人の部下たち。

「ニコライ……」

しどけなく服を乱され、男たちから陵辱《りょうじょく》されそうになっている姿。彼の目に自分はどんなふうに映っているのか。

見られたくない。そう思う気持ちと、助けて欲しいという気持ちが胸の奥でせめぎあう。

「ザハールさま、皇太子への傷害罪で逮捕します。それからここにいる男たちを全員逮捕しろ。皇太子殿下、お迎えにあがりました」

「ニコライ……すまない」

ホッとしたような顔で彼に手を伸ばすと、ニコライはリクに薬を手渡した。

「発情抑制剤です。なぜか先ほどからあなたから発情の匂いがしております。突然なったのですか？」

「いや、促進剤を飲まされて」

「あの男のことだ。何かしてくると思っていましたが、そんなことを……。念のため常備しておいてよかった。早く服用してください。促進剤が効いている肉体にどのくらいの効果があるかわかりませんが、少なくとも最悪のケースは免《まぬが》れることができるでしょう」

淡々とした彼の態度はいつもと変わらない。怒っているのか失望しているのかどうなのか。

「ニコライ……すまなかった……ぼくは」

「いいですから、早く飲んで」

「あ、ああ」

水を渡され、薬を飲む。少しすると身体の熱が治まってきた。

「失礼します」

ニコライは毛皮のコートでリクの身体を包んで抱き上げた。

教会から出て橇に乗り込み、二人きりになると、リクは彼のほおに手をのばした。

「ニコライ……本当にすまなかった」

「……」

「ぼくは君主になるよ。おまえの祈り、おまえの願い……それに応えられる君主になる」

「え……」

「オメガだからこそ人の痛みがわかる君主におまえが言ったとき、目が覚めたよ。前を向いて生きていく勇気が持てた。だから謝らせて」

「謝る？」

「おまえにひどいことを言った。ナタリアのことも母のことも……」

「ええ、ひどいことをおっしゃいましたね。私を国外にやって、ザハールと寝るとまでおっしゃっていました」

「ああ……怒っているのか」

「ええ。本当にひどい人だと思いましたよ。私だけ助けようとなさるなんて」

「……っ」

「私を破滅させたくなくておっしゃったことくらい……気づいてますよ」

「おまえ……」

驚いたようにに目を見ひらくリクに、ニコライはそっとキスをしてきた。

「出ていけというのは、私を思っての行動ですよね？」

「……っ」

「ですが、残念ながら私を本当に思って下さるなら、一緒に破滅する道を歩むように命じてください」

雪橇の中、ニコライはリクの肩を抱き寄せ、慈《いつく》しむように自分の腕に包みこんだ。そして小声で呟いた。

「今から言うのは、独り言です。どうか聞き流してください」

「……ニコライ」

「私はあなたと一緒に破滅できるのならそれほど幸せなことはありません。あなたのために断《だん》頭台《とうだい》にかけられるのなら、喜んで首を捧《ささ》げましょう。あなたのために民衆にズタズタにされるのなら喜んで切り裂かれましょう」

清々しいほど満たされた声でニコライが言う。

「それが私の幸せなのです。ですから私の幸せのために、どうかこの身を案じたり、この身を守ろうとしたりしないでください。逆にそれは私にとって、最大の不幸なのですから」

祈るようなニコライのその言葉が胸に痛い。嬉しくて、どうしようもない。

こんなにも深く大きな心でそばにいてくれたなんて。胸が熱くなり、涙でリクの顔がぐしゃぐしゃになったそのとき、橇が宮殿に到着した。


「リク、よかった、無事だったのね」

エルミタージュ宮殿へと戻ると、アンナが泣きそうな顔でリクを待っていた。

「ご心配をおかけしてすみませんでした。ぼくが軽率《けいそつ》でした」

「おまえからの伝言をもらって調べたら、やはりナタリアのところにザハールが出入りしていたのがわかりました。彼女と彼は褥を共にしていました」

「では、彼女の子供は」

「ええ、父親はザハールです」

やはりそうだったのか。

「リク、あなたの誤解を解かなければいけませんね。ニコライが決して口にしなかった真実。それはあなたの将来を思ってのことだったのです。フョードルの秘密を知っているのは、ここにいる者だけ。ついてきなさい」

「え……」

「あなたの父親は死んでいません。ニコライも私も彼を殺してはいません」

「生きているんですか」

「ええ。これも国家機密です。こちらにきて」

そして母に連れて行かれたのは、宮殿の奥——地下にある一室だった。

そこは牢獄のように鉄柵《てっさく》と厳重な警備で外界と隔絶《かくぜつ》されたようになっていた。こちら側から秘密の小窓を通して中を覗くことができるが、向こうからは見えないらしい。

「ち……父上……」

中をのぞいた次の瞬間、リクは驚愕《きょうがく》のあまり声を失った。

父の姿があったからだ。優雅な服を着て、贅沢《ぜいたく》そうな食事をとり、部屋の中でゆったりと愛人らしき男性と過ごしている。とても幸せそうだ。昔よりもおだやかで優しい表情をしている。

「フョードルは、生きているのです。おまえの本当の両親はあそこにいる二人です」

「では……父も」

「ええ」

父もオメガだった。そして自分はオメガの父から生まれた子供だったのだ。

母の子供ではなく。

「そうだったのですか。そんなこと、知らなかった」

天と地がひっくり返りそうなほどの激しいショックを受けていた。けれど不思議と動揺はなかった。ここにいる母に対し、これまでとは違い、真の親子としての絆《きずな》と愛をはっきりと感じているからだろう。血縁でなかったことは哀しいが。

「フョードルは、一生、ここから出ることはできません。死んだことになっているので。ここで過ごしているうちに、今では自分が何者だったかわからなくなり、今はただ快楽を貪《むさぼ》るオメガとしてアルファの愛人と過ごしています」

アンナは残念そうに言うと、再びドアを閉めて、リクには二度とここに来ないこと、ここで見たことを忘れるようにと言った。

「ぼくを殺そうとしたのはぼくがオメガだからですね。でも、どうしてそれだけで父を幽閉《ゆうへい》するのですか、オメガだからですか」

「フョードルは、私への反乱も企《くわだ》てていたのです。それを未然に止めることができたのは、ニコライのおかげです」

「ニコライの？」

「彼の目、彼の足……おまえに捧《ささ》げられた愛を受け取りなさい」

母の言葉にリクは視線を落とした。

「やはりそうだったのですね……」

胸が痛む。一言もそのことを言わないニコライに対して。

そんなニコライの思いに気づきもしなかった自分に対して。

「おまえを守るため、彼が失ったもの。彼はその代償を求めはしないけれど、おまえは彼とどうしていくべきなのかわかってますよね」

「ええ、母上に言われるまでもなく」

うなずくと、リクは母の手をとり、その手の甲にキスをした。

「リク……？」

「あなたに心からの感謝を。私を実の子のように愛してくださってありがとうございます。あなたの母としての愛、それからニコライの愛によって、私はどれほど守られていたか、ようやくその事実に気づきました。今は感謝の言葉しかありません」

初めて、母を愛しいと思った。恐ろしい女帝、のしかかってくる巨大な存在として、恐怖と支配の象徴のように感じている時期もあった。

しかし今、ようやく彼女が背負っている国家の重みがわかり、この先、少しでも力になり、ともに平和で幸せな国家を作っていきたいという気持ちが胸に芽生《めば》えてきた。


これからどう生きていくか。

もう答えは出ている。ニコライがともに破滅することも幸せだと言ったとき、自分がどうしていくべきなのか、はっきりとわかった。

彼を破滅させないためにも、そして自分が理想とする国家を作るためにも。

（オメガであることを公表し、それでも王として王冠をかぶる。誰が何と言おうと、誰よりも優《すぐ》れた王になれば、この先、オメガもアルファも関係のない世の中になるはずだ）

自分がその一歩を踏み出す。背中を押し、後ろから守ってくれているニコライのためにも。

それが彼の愛への自分の愛だから。

「ニコライ、話がある」

リクは書斎に戻るなり、ニコライに告げた。

「すぐにぼくと結婚……してくれるか。正しくはぼくのつがいに」

「いい……のですか」

「おまえがどう思おうと構わない。ぼくはおまえを愛しているから」

ニコライは信じられないものを見るような目でリクを見た。

「私を……本当に？」

彼の片方だけの目が震えている。無防備な子供のようにどこか不安そうで、それでいて清らかで。

とても尊いものを見るような目でリクを捉《とら》えている。ああ、これが氷の仮面に隠されていた真実の彼なのか……。

「ずっとずっとおまえだけが好きだ。だから誓おう。母から託《たく》された琥珀の部屋で」

「琥珀の部屋を女帝が？」

リクはほほ笑み、うなずいた。

強くなろう、そう思った。母のように強く気高く。ニコライのように強く優しく。

「そう。この先、皇太子として政務につく。あの琥珀の部屋から先がこれからぼくとおまえの住む場所だ」

この宮殿の中心部。君主の象徴でもあり、最も豪奢《ごうしゃ》な場所。

二人でその部屋に入ると、いつものように、琥珀の息遣いを感じた。彼の眸と同じ色の空間は彼の心のように温かだ。

「この中の教会で、つがいの誓いを立てて欲しい」

「皇太子殿下……」

「幸いにも、ザハールに飲まされた促進剤のせいで、今、ちょうど発情期がきている。その間につがいに」

「それはご命令ですか？」

「ああ、命令だ。と言いたいところだが、祈りだ」

リクはそう言ってポケットに入れていた琥珀の指輪を彼に差し出した。

「愛を誓い、人生をともにして欲しいという祈りだ。命令ではなく」

リクの言葉にニコライは浅く息を吸い、その指輪を受け取ってリクの手の甲にキスをした。

「では私も祈りを捧げます。あなたと愛を誓い、人生をともにしたい、と」

そう言って淡く微笑する彼の顔を、蠟燭《ろうそく》に照らされた琥珀が鮮《あざ》やかに照らし返す。何という美しい笑みだろう。

奥の部屋にあるロシア正教会の十字架の前に立ち、二人だけでつがいの儀式を行う。

彼の目と同じ色をした琥珀に包まれた部屋で、ロウソクに火を灯《とも》し、十字架の前で愛を誓う。

彼が首筋を嚙めば、つがいになる。生涯、彼にしか発情しない生き物になるのだと思うと、それだけで甘美《かんび》な喜びに満たされた。

「リクさま……生涯、あなただけを愛します」

静かに後ろからリクを抱きしめ、ニコイが首筋に歯を立てた。リクのブラウスのリボンをとり、はらりとはだけた首筋に彼が唇を近づけてくる。

「ん……っ」

一瞬、チクリと痛みが走ったかと思うと、身体にこれまでと違った甘く熱いものが流れこむような錯覚を覚えた。

琥珀のやわらかな蜜液《みつえき》の中に二人して封じこめられたかのような心地よくもあたたかな至福——。

「これであなたは私の番《つがい》です」

ニコライのつがいに。

ようやく彼のものになれた。

そう思うと、これまでと違ったように世界が輝いて見えてくる気がして、たまらない幸せを感じた。


その夜、つがいになることを誓ったあと、リクはニコライと褥をともにした。

新しく母から託された琥珀の部屋で、天蓋《てんがい》のついたベッドの上で、初めて双方とも裸体になって身体をつないだのだ。

向かいあうように抱きあうと、妙に照れくさい気もしたが、ニコライがあまりに幸せそうなので、胸がいっぱいになった。

「リクさま……信じられません、あなたが愛をくださる日がくるとは」

無表情のはずのニコライの目が切なげにリクを捉えている。

「ニコライ……。同じだ、ぼくもおまえから愛がもらえるなんて夢のようだ」

少し苦しそうな表情を見せたあと、覚悟を決めたように、リクをまっすぐ見つめてニコライは淡く微笑した。

「あなたをお慕《した》いしております。幼いときからずっと」

「……っ」

「メヌエットを踊っていたときから」

その言葉に涙が流れてきた。

自分もそうだった。

あの日から二人はずっと互いに片思いしていたのだと思うと切なくて胸が軋《きし》んだ。

リクの手をとり、そっとその手の甲に彼がキスをする。うやうやしく、それでいて愛おしそうに。

「あなたを守れるだけで幸せです。あなたのそばにいることさえできれば。あなたがオメガである限り、永遠に私が伽を務める。たった一人、あなたの全てを知る臣下、その立場でいられるだけで幸せなのです」

そう言って手から唇を離したニコライを見つめ、リクは艶やかに微笑した。

「では、皇太子としておまえに命令する。臣下として誓え」

それが二人の関係なのだ。この大帝国の皇太子とその唯一の臣下としての。

「発情期があってもなくても、ぼくのつがいとして、永遠にぼくのそばにいると」

「誓います」

慈しみに満ちた眼差しでニコライが自分を見る。

ああ、心を晒《さら》し、感情を解放したニコライの眸はなんと美しいのだろう。

冷たくはない。それどころか優しさと温かさと純粋さにあふれている。

「子供のころからずっとおまえが好きだったよ。だからずっとそばにいてくれ。ぼくが君主として人生をまっとうするそのときまで」

そう言うと、彼は強く背を抱きしめ、しかし思ってもいない言葉を返してきた。

「そのご命令はお受けできません」

「え……」

嫌なのか？　一生、そばにいてくれないのか？

泣きそうな顔をしたリクを見つめ、ニコライは少し意地悪そうに微笑した。

「人生をまっとうされたあと、あの世までご一緒させてください。天国でも地獄でもお供しますのでそうご命令ください」

天国でも地獄でも。ああ、本当に彼は深く自分を愛してくれているのだ。自分の人生は何と恵まれ、何と幸せなものだろう。

「わかった。行こう、一緒に。天国になるか地獄になるかわからないが、命令だ、生き終えたあともそばにいてくれ」

「では……今からあなたを本当のつがい、私の妻にしていいですか」

「ああ、ありがとう」

発情期のセックス。それ以外のときのセックス。

二つとも体験したが、つがいを誓い合ったあとの行為は何という心地よさだろう。

その夜、ニコライの腕の中でリクはこれ以上ないほどの快感に咽《むせ》び泣いた。

「あっ……ああっ……んっ……」

琥珀に包まれた寝室に、ぐちゅぐちゅという淫靡《いんび》な音が響いている。太古からの生き物たちの息遣いが二人を煽《あお》るかのように、いつになく肌が熱く燃えているのがわかる。

「ニコライ……そこ、もう……やめ」

ちゅ、ちゅっと音を立てて乳首を吸われながら、指で入口をやわやわとほぐされていく。

ニコライの唇が触れただけで、リクの乳首は当然のようにぷっくり大きく尖ってしまう。

彼が唇で咥《くわ》えこみ、授乳《じゅにゅう》されているかのように激しく吸われると、そこから連動して下腹のあたりまで甘い疼《うず》きに包まれ、いてもたってもいられないようになった。

「ああ……っ」

いつもと違うのは、呼吸をするたび、甘い琥珀の大気が口内に入りこんでくることだ。つがいになった二人に、新たな命を与えてくれるかのように、部屋全体が生命の力を送りこみ、祝福してくれているかのようだ。

「そろそろ……あなたに侵入してもよろしいでしょうか」

問いかけられ、リクは息を切らしながらうなずく。

「ああ……」

「……子を孕ませることになっても……いいですか？」

耳元で囁くように訊かれ、リクはうんうんと小刻みにうなずいた。

「望むところだ」

この太古からの命のあふれる部屋で、これからの未来を担《にな》う生命を誕生させたい。

「ああ、ぼくのなかに……次の皇帝を。皇帝になる種を注いでくれ」

こんなことを口にするのは恥ずかしかった。けれど言葉にしておきたかった。二人の未来、絆を確認するためにも。

「では、恐れながら」

そう言って後孔からニコライの熱いものが挿《はい》りこんでくる。

つがいになっての初めての媾合《こうごう》。

グゥッと中に押し入ってくるものの質量に異様なほどの心地よさを感じ、リクの粘膜はふるふると震えてそれに吸着《きゅうちゃく》するのがわかった。

「あ……ああっ……」

何という快楽だろう。

身体の芯からとろとろに甘く蕩けてしまうような心地よさ。ズンと差し込まれた肉塊《にくかい》が感じ

やすい場所をこすって奥を突くと、それだけで身体の芯が熱く疼いた。

奥の奥の方で内臓がぎゅっと窄《すぼ》まって愛しさのままそれにしがみついているような感覚が広がっていく。

これまで何度も抱かれてきたのに、初めて抱かれているような気がする。

一番奥までニコライの肉塊が挿りこみ、彼の性器が内部で膨張《ぼうちょう》していくのがわかる。どくどくと脈打っているそれから、リクの体内に生暖かいものが放出されていく。

「あ……あっ……ああっ」

じゅわっと熱い蜜液が体内で広がり、粘膜に溶けていくのがわかる。

ああ、彼が出している。

そしてきっと多分、そこに命が宿る。

そんな予感を抱きながら、リクはニコライの背にしがみつき続けた。

きっとできている。二人の愛の結晶、新しい命、そして帝国の未来を背負っていく確かな存在が。

ペトログラードにやってくる春とともに。

# 溺愛の子
## ～ロシア後継者誕生秘話

*Dekiai no ko ~Russia koukeisha tanjou hiwa~*

# 1　息子ポーリャ

太陽がいつまでも沈もうとしない。

北極圏に近い海辺の宮殿に、うっすらと波の音が聞こえてくる。

ひんやりとした風が窓辺のカーテンを揺らすなか、寝台の上でリクはニコライに後ろから抱きしめられながらゆったりとまどろんでいた。

なにも身につけず、薄い絹のシーツが二人の身体をかろうじて覆《おお》っているだけ。

「リクさま……」

耳元にニコライがそっと唇を寄せてくる。あたたかな吐息が耳朶《じだ》や耳の裏をくすぐり、リクはぴくりと身体を震わせた。

「ん……っ」

だめだ、熱っぽい息が唇から漏れてしまう。またおかしな気持ちになってきそうで怖い。

昨日も一昨日《おととい》もどうしようもないほど彼を求めた。

何度となく絶頂を迎えたというのに、また肌が粟立《あわだ》ち、体内を埋め尽くしてほしいという衝動が湧いてくる。

リクがニコライとつがいの契約を結び、正式な伴侶となってから六年がすぎた。

白夜《びゃくや》の季節の発情期は、いつになく濃厚な発情を起こしてしまうのだが、年々、この季節になるたび、己の淫蕩《いんとう》さが激しくなってきている気がする。

他のどの季節よりもニコライが欲しくて歯止めが効かなくなるのだ。今回の発情期もそうだった。

「どうしました？」

耳元で囁くその声、息づかいがどうしようもなく愛おしい。

「ニコライ……」

ふりむき、たまらずリクはニコライの背に腕をまわした。足が絡まりあい、互いの性器が当然のようにこすれあう。

「……っ」

彼の腹部を自分の先走りの蜜《みつ》が濡らしたかと思うと、すでに形を変えた彼のものがリクの腿《もも》の皮膚を圧迫する。

「いけない……もう……朝なのに」

この季節の夜は短い。一日の九割以上が明るく、陽が沈むことなはい。たとえ分厚いカーテンで閉ざしていたとしても、空気がどこか騒がしい気がして落ち着いて眠れないことが多い。

このあたりは、深夜、一、二時間、ほんのりと青紫色の空に包まれるだけで、あとは一日中、陽が暮れようとしない。

インソムニア——子供の多くが不眠症になってしまうが、リクもそうだった。白夜の季節はいつもよく眠れなかったのを覚えている。でも逆に明るい深夜にずっと起きているのが好きだった。その静けさのなかにいると、心が落ち着いたのだ。

「まだ……明け方にもなっていませんよ」

「じゃあ……もう一度……欲しいと……言っても……大丈夫か?」

「望むところです」

やわらかく微笑すると、ニコライはリクの首の後ろに腕をまわし、身体を抱き寄せながらキスをしてきた。唇を重ねあい、舌を絡めあっていく。

「ん……んっ」

舌を搦《から》めとられ、息苦しさに喘いでいるうちに濃密なくちづけに頭がくらくらとしてくる。

発情期の間はいつも我を忘れたようにニコライを求めてしまう。心に芽生えるほんの少しの羞恥《しゅうち》はあるものの。

「あ……ふ……っ」

唇から首筋、胸元、乳首……と、リクの肌にまた新しい痕《あと》が刻まれていく。ニコライの吐息が皮膚を撫でいく感触も、性急に乳首に吸いついてくるときの荒々しさも、発情期の肉体にはたまらない快感となってリクの身体の芯を痺《しび》れさせる。

乳暈《にゅううん》に絡みついてくる舌の心地よさ。感じやすい乳首はすぐに膨《ふく》らんで彼からの刺激を待ちわびてしまう。

「ああ……っ……」

そこをつつかれたり、甘く噛まれたりするたび、腰も脚も知らないうちによじれ、先走りの蜜でシーツはぐっしょりと濡れている。

恥ずかしい。本当に何て淫蕩な身体なんだろう。と思いながらも、リクは、発情期のときの、このニコライとの営《いとな》みに心の底からの幸福感を抱いている。

このときだけ、一人の人間としてニコライを求めることができるから。皇太子という地位を忘れ、ただただ己の望むまま、彼を愛することができる気がするのだ。

伴侶となるまでは、ただの肉欲の相手でしかなかった。

けれどつがいの誓いを果たしてからは違う。

正式な伴侶として、毎夜、寝床を共にしている。

それでも内向的な性格のリクは、発情期でなければ、こうもあらわに、こうも淫《みだ》らに本能のまま彼を求めることはできない。

それがわかっているせいか、ニコライも発情期のときはいつになく激しい。

冬の宮殿にも夏の宮殿にも琥珀《こはく》で壁が造られている執務室があるが、夏のほうはさらに隠し扉で続いている続き間――ニコライとリクの寝室もまた窓辺をのぞいたすべてに琥珀がはめこまれている。

この宮殿に移り、実質的に執務を取るようになってから、発情期ごとに、リクはここでニコライと過ごしている。

琥珀は生きている――といわれているが、確かに呼吸をするたび、琥珀の精気が身体に入り込んでくる気がする。

そして、その生命の力によってさらに発情の熱が増すかのように、ニコライを濃密に求めてやまない。

「……あ……ぁ……」

いつしか彼に咥《くわ》えられ、手のひらで陰嚢《いんのう》をくちゅくちゅと揉《も》まれている。舌先で感じやすい亀頭の割れ目をクイッと割られただけで、リクの身体は一気に登りつめてしまう。

「……ああっ……っ」

シーツに爪を立て、気がつけば彼の口内に射精をしてしまっている。もう何度となく絶頂を迎えているのに、とどまることを知らないかのように、リクの性器は白濁《はくだく》した淫らな雫《しずく》をどくどくと吐き出す。この、いつまでも暗くならない夜の色と同じ。

「白く濁《にご》ったあなたの蜜……白夜と同じ色ですね」

「……っ……恥ずかしいから……やめろ……」

全身をうっすらと汗ばませ、はあはあと肩で息をするリクの腰にそっとニコライが腕をまわしてくる。

「すみません……いつまでも恥じらいを忘れないあなたが……かわいくてつい」

ふっと耳元で囁かれると、射精のときとは別の、下腹のどこかがジンと痺れる。肉体関係を持つようになってもう何年も経つのに、そんなふうに言われると、いっそう恥ずかしくなってしまう。と同時に、なぜか肌がざわめいてくる。気づかないうちに誘うようにひらいていたリクの脚をニコライは当然のように引きつけていた。

「大好きです、リクさま……」

とても愛しそうに、心底、大切そうに言ってくるこの瞬間がとても好きだ。

「ぼくも……」

つがいになってから、もう何百回、同じことを口にしているだろう。睦《むつ》みあいながら身体をつなげる瞬間、ニコライは必ずリクへの気持ちを囁いてくる。

そのたび、彼の大きな愛に包まれる気がして、快楽よりももっと深い場所で二人の身体が溶けあうような感じを抱く。

リクの身体を横たえさせ、のしかかりながらニコライが身体の奥を穿《うが》ってくる。

「ん……んんっ」

感じやすい粘膜《ねんまく》を擦《こす》られながら、奥を埋め尽くされていく。この刹那《せつな》、ふっと互いの皮膚に染みついた琥珀の匂いが濃くなる気がする。いや、匂いだけではない。琥珀色をした彼の眸《ひとみ》も、濃度の高い樹液のように色が深くなる。

「ああ……ニコラ……っ」

ぐっ、ぐっと奥を突きながら、ニコライが体内を支配していく。

身体を覆ってくる彼の体重、内壁へと加わる重み、それからこの濃厚な空気。何もかもが重く、リクを圧迫し、その苦しさに息を喘《あえ》がせてしまう。

けれどそれは心地いい重みだ。悦楽に満ちた苦しさといえばいいのか。

なにもかもを圧倒するような、ニコライからの純度の高い愛の濃さに包まれるたまらない幸福感ゆえの苦しさだ。

「ああっ、あああ……あっ」

いつしか彼の動きに合わせてリクも腰を動かしていた。ニコライを咥えこんだリクの粘膜は妖しい収縮をくりかえしながらズボズボとオスを呑みこんでいく。

「すご……っ……もう」

その背にしがみつき、髪を振り乱しながら喘ぐ。

互いの胸と胸とが密着し、腰を動かされるたびに、乳首がこすれあって火花が散ったような強烈な快感が背筋を駆けのぼっていく。

「ああっ……ああっん……ああっ」

激しく抉《えぐ》られて、亀頭の出っ張った部分に感じやすい場所をこすられ、リクの秘肉はたまらなさそうにぎゅっと彼を締めつける。

「ん……っ……すごいですね、白夜のときの……あなたの淫らさは」

「言うな……っ……自分でも……どうしようも……なくて」

「嬉しいんですよ、あなたがいやらしいことが」

一旦、ニコライはぎりぎりまで肉塊《にくかい》を引き抜くと、リクの腰を引きつけてゆっくりとかき混ぜるようにして奥へと進んでいく。

「はあ……ああっ……すご……い……ダメ……どうにかなりそ……っ」

凄《すさ》まじい熱と快感に、いつしか両方の眸から涙を流しながら、リクは大きく身をのけぞらせてしまう。

ゆるゆるとこすりながら挿《はい》りこんでくる彼の性器の、その圧倒的な存在感。リクの体内は妖しく蠕動《ぜんどう》し、もっともっとと彼をしめつけている。

「素敵です……あなたは本当に……素敵だ」

リクのほおにキスをしたあと、ニコライは一気に根元まで貫《つらぬ》いてきた。ズンと重いものに内臓をせりあげられる感触に、リクはたまらなくなって声をあげる。

「ああっ……あああぁっ！」

体内で弾《はじ》ける粘液を内壁にはっきりと感じる。

火傷《やけど》しそうなほど熱っぽい。放射される瞬間の快感に、リクは我を忘れたように淫らな声をほとばしらせ、何度目かの絶頂をむかえてしまう。

ああ、本当にどうしてこんなに淫蕩になってしまうのだろう。

延々と続く異様な夜の明るさに理性が麻痺《まひ》したようになり、全身が倦怠感《けんたいかん》に支配されるこの白夜という季節。

発情期になってから数日。今朝もまた、リクはどうしようもないほどニコライを求めていた。

「……っ」

次に目を覚ますと、本当の朝になっていた。

ベッドに横たわったリクの身体に朝とも昼とも夜ともわからないペトログラード郊外の陽射しが降り注いでいた。

いつ目を覚ましても外が明るいままなので、今がいつなのか時間の感覚が狂ってしまう。

それでも生まれたときからこの国にいるリクやニコライは、母よりもずっと白夜の明るさには慣れている。

十代のときにプロシアから嫁《とつ》いできた母は、今もまだ完全にはこの季節になじめず、体調を崩すことが多い。

もちろん持ち前の気丈さで、周りにそれを悟《さと》られないように振るまってはいるが。

尤《もっと》も、この国で育った者でさえ、今の季節は、目を覚ましても、それが昼なのか夜なのかわからず、浅い眠りしかできない。そのせいかいつも倦怠感に満ちて、身体のなかに気《け》だるさが残ってしまう。

背後でニコライがみじろぐのがわかり、リクはふりむいた。

寝台から降り、椅子にかけていた衣服をニコライが身につけようとしていた。

いつもの軍服。左脇の下と、右の腰に彼は小銃のホルスターをつけている。彼が愛用しているのは二丁の小型のマスケット銃だ。彼はめずらしく両手で銃を撃つ。同じ瞬間に別方向の的《まと》を撃ち抜くことができるのだ。ほぼ百発百中の確率らしい。しかも両手で同時に撃てるよう、自身で銃に改良を加えたらしい。

「今日は会議……か」

リクは気だるさをこらえながら起きあがろうとした。

今日から数日間、女帝を中心に今後の外交について話しあう会議が行われることになっている。フランスとイギリスが対立するなか、ロシアはどうするのか、このところ盛んにその話しあいが持たれていた。

一方、母は他国のことよりも、ロシアと国境を接しているポーランドとトルコとの戦争をどうするかで頭を悩ませている。

「発情期の最中です。そろそろ終わるころとはいえ、白夜の季節の発情は、いつもと違って体調を整えるのが難しい。今日はまだ休むべきでしょう。無理をすると、起きあがれなくなりますよ」

それはわかっている。

「白夜の季節は短いです。お辛《つら》いのも今月と来月だけですよ。あなたはここでゆっくり休んでいてください。会議のあと、夕方、お迎えにあがりますので」

「いや、だけど今日は大切な……」

「リクさま」

「ぼくは……他国との戦争や、他国の戦争の支援よりも……国内情勢を」

「ご安心ください。会議は、しばらく毎日続きます。今日はまだ意見をだしあうだけ。あなたが平和を望んでいることはわかっております。私が代理でその旨《むね》を伝えますので」

ニコライはリクの手をとり、甲に誓いを立てるようにキスをしてきた。

発情期のとき、抑制剤を服用するようにしているものの、それでもとてもひどいとき、リクはニコライを名代《みょうだい》として政治の場に出席させることがある。

自分が行かなければと思うのだが、どうしても身体がだるくて動けない時期があるのだ。

リクはニコライを伴侶にしたあと、自分はオメガだと公表した。

多少の動揺はあったものの、女帝の絶対的な権力の前に、リクを廃太子にしようとする動きも反乱のような動きもなく、意外なほどあっさりと受け入れられた。
あのときは、改めて母の絶大な力を実感したものだ。尤も、そうなった理由はもう一つあるのだが。

「ニコライ……だけど」

「もっと私を使ってください。そのために私が存在するのですから」

片方だけの目が祈るようにリクを捉《とら》える。見ていると、胸が痛くなった。
彼のこの一途《いちず》さがどうしようもなく愛おしい反面、自分のために彼の人生を犠牲にしてしまったようで申しわけないという気持ちが芽生えてくる。
彼はリクを守るために片方の目をなくし、足も悪くしてしまった。明晰《めいせき》な頭脳と優秀な軍人としての素養を持ちながらも、彼は軍功を重ねることはできない。
政治家としても、今のようにリクの従者という陰の立場ではなく、大使や大臣としていくらでも活躍できただろう。だが、彼はリクのそばで永遠の影として働くことを女帝に誓い、洋々たる政治家としての未来も、家督《かとく》すらも放棄してしまった。

「感謝している。いつもいつもおまえにはどうしようもないほど。なにもかも捨てて、命がけでぼくを支えてくれて」

「そんなふうにおっしゃらないでください。これは自分で選んだ道です。むしろ私は将来の帝王たる皇太子のあなたをお守りする役目を与えられ、あなたの伴侶として生きていける人生にどれほど感謝していることか」

「ニコライ……」

「どうかご自身を過小評価なさらないでください。あなたは未来の皇帝であり、今はこの巨大な国の皇太子なのですよ。その方の従者という仕事についていることに、私はこの上もない喜びを感じております」

「ありがとう、そう言ってくれると救われるよ。オメガのぼくが皇太子についていられるのはおまえのおかげだから」

リクが微笑すると、ニコライは片方だけの目を切なそうに細め、そっとこちらのほおに手を伸ばしてきた。

「皇太子にお仕《つか》えできる喜びは公人としてですが……個人的にはあなたのそういうところがとても好きですよ」

「そんな……ところ？」

「ええ……あの偉大なる大女帝の一人息子でありながら、いつまでも謙虚で平和を愛し、他者への感謝を口にする。あなたのその優しさに私のほうこそ救われております。ですから、どうかもっと私を使ってください。発情期のあなたは、私にはとても魅力的ではありますが、ご自身はなにかと不自由でしょう。つがいとして、その間は何でもいたしますので」

「ありがとう。迷惑をかけてすまない」
「迷惑と思ったことはありません。それよりも今日は体調を整えることを優先してください。夜、女帝の離宮に行く大切な予定が入っているのですから、それまでには起きあがれるように今のうちに」

ニコライはそう言って寝室をあとにした。

寝台から降りると、リクはシャツをはおって窓辺にむかった。

白樺《しらかば》に囲まれた庭園に朝陽が降り注ぎ、あざやかに煌《きら》めいている。庭園の池もギリシャ神殿風の野外劇場もまばゆいほどだ。

宮殿の門の向こうの並木道には、続々と貴族たちの馬車が集まってきている。会議に出席するために。

もう車寄せに母の馬車も停まっていた。

やはり会議に出席するべきだ。そう思い、リクは上着をはおろうとした。しかしやはりくらくらと激しいめまいがして、その場にひざをついてしまう。

だめだ、やはりニコライの言うとおり、今日の会議は休んだほうがいいだろう。

ニコライ以外に発情しないのだが、彼がそばにいたら身体がまた変化するだろう。白夜の季節は本当に厄介《やっかい》だ。

夕刻、母専用のペトログラード郊外にある宮殿に向かうため、リクは迎えにきたニコライの馬車に乗った。

樅《もみ》の木に囲まれた薄暗い一本道の先にある華やかな水色の宮殿が母アンナが夏の間に居をかまえる離宮である。

リクたちのいる宮殿からは馬車で半刻ほど。

その周りには二階建ての小さな庭付きの一軒家が多く建ち、広々とした湖がある美しい風景が広がっていた。

そうして並木道を進んでいくと、黄金でしつらえられた双頭《そうとう》の鷲《わし》の細工《さいく》が施《ほどこ》された門が目に入る。

衛兵が門を開け、フランスのロココ庭園を模した美しい幾何学《きかがく》模様の庭園内へと馬車が進んでいく。

アンナ女帝の宮殿と呼ばれているここ――母のいる離宮には、ニコライとリクの間の一人息子――ポーリャがいる。

（ポーリャ……まさか自分とニコライとの間に子供ができるなんて……。ただ……会うときはいつも緊張してしまう）

今日はポーリャとの半月に一度の夕食会の予定となっていた。

発情期が終わりかけでよかった。そうでなければ、無理にでも大量の薬を飲んでこなければならなかった。

息子は母がギリシャの太陽神アポロンから名前をとった。愛称はポーリャ。

太陽神の名にふさわしく、ニコライに似た黄金色のサラサラとした髪の毛、琥珀色の眸をした、天からの恵を一身に受けたような息子だ。

『待っていたわ。この子こそ、未来の帝王にふさわしいわ』と、ポーリャを抱くなり、アンナは大喜びした。

オメガの場合、子を産むのはとても難しい。女性と違って自然に出産することはできないため、帝王切開という形をとる。

ペルシアから輸入した芥子《けし》の花から取れる薬で神経を麻痺させ、止血用の薬草を服用して高度な外科手術を行って子供を取りだすのだ。

かつてオメガの王権があったという古代エジプトで開発された技術と言われている。

当時はそれでも多くのオメガが出産時に命を落としたらしいが、今ではそういうことは殆《ほとん》どない。

だが、それでも薬の量が調節できず大量に出血したり、麻酔用の薬草が効かなくて激痛を感じたり、そのまま眠って逝去《せいきょ》したり……と、危険を伴《ともな》うことは多い。

幸いにもリクは出産でどうにかなることはなかったが、それでも手術のあと、後遺症があり傷がなかなか治らなくて一時は命の危機も囁かれた。そのときだけは、オメガを皇太子にしていいのかという声もあがったが。

（出産時の命の危機……。だからオメガに王位継承権がなかったのだろうか。発情期があることや、利用されやすいというだけではなく……）

結局、半年ほど寝込むことになり、さらに身体が弱ってしまったこともあって、二人目ができることはもうないだろうと言われた。

確かに、医師の見立て通り、その後、リクが妊娠するような兆《きざ》しはない。多分、この先もないだろう。

しかしたった一人でもニコライとの愛の証《あかし》をこの世に誕生させることができ、リクはこれ以上ないほどの喜びを感じていた。

今もそうだ。オメガゆえ父から殺されそうになってしまったリクとは違い、ポーリャはまぎれもなくアルファの子供である。

もう五歳になるが、アルファなのでとても利発に育っていた。

たった一人の後継者、それに加えてアルファ。ということもあり、余計にポーリャをこの国の後継者として、女帝は立派に育てたいと思っているようだ。

「ポーリャに会うときは緊張するよ」

馬車から降りる前、リクは隣に座ったニコライにぼそりと呟いた。

「緊張？　彼はあなたと私の子供なんですよ。教育は女帝に任せているとはいえ、親としてもっと自信を持ってください」

「そうは思うんだけど」

「なら、我々の宮殿で育てますか？」

ポーリャが誕生した当時、リクが長く体調を崩していたこともあり、母が乳母を探してきて乳児期の世話をしてくれた。

その後、暗殺や政治的陰謀から遠ざけることを含め、次期後継者にふさわしい教育をすべく、養育のほとんどを母に任せることになったのだが。

「わからない……どうしていいのか。少し考えよう」

そんな話をしながら宮殿の奥まで行くと、女帝アンナが見守るなか、ポーリャは歴史の勉強をしていた。

「今日はここまでにしましょう」

家庭教師が授業を終えると、ニコライとリクに気づき、ポーリャが挨拶《あいさつ》にやってきた。

ニコライに似た絹糸のような金髪、端麗な目鼻だちもニコライに似ている。でも口元やあごのあたりはリクに似ている気もする。

「皇太子殿下、父上、ようこそいらっしゃいました。お元気そうでなによりです。久しぶりにお会いできてとても嬉しいです」

リクの手をとり、ポーリャがうやうやしく挨拶のキスをしてくる。ふわっと漂う、子供特有の甘い香り。

キスをされる際、リクの手の甲にさらっと彼の肩までのびた毛先が触れ、じんわりとした愛しさがこみあげてくる。

何て可愛い子だろう。容姿もだが、仕草も空気感もなにもかもがとても愛おしい。ぎゅっと抱きしめて浴びせるようにキスしたい。そんな衝動が湧いてくるが、王家の者とは思えないような、密なスキンシップをしてポーリャに嫌がられたらどうしようという不安が芽生え、リクは笑顔を見せることすらできない。

「元気そうでよかったよ、ポーリャ」

静かに、淡々と告げるリクから視線をずらし、ポーリャはニコライの前に向かった。

「父上、ごぶさたしています」

リクと同じようにニコライに挨拶をする。

ニコライのことは「父上」と呼ぶが、ポーリャはリクのことを母とは呼ばず、皇太子殿下と呼ぶ。もちろん女帝アンナのことも「おばあさま」ではなく女帝陛下と呼ぶ。

公的な呼び方を重視するよう、母から厳格に育てられているのだろう。

現在、女帝は政務と外交の殆どをリクとニコライに任せ、自身の精力はすべてポーリャの帝王教育に注いでいる。

まだ五歳ながら光り輝くように美しい。さらに性質も真面目で正義感が強く、プライドも高く凛《りん》とした性質に育っている。

半月に一度の家族晩餐会《ばんさんかい》。

離宮内にある「肖像画の間」と呼ばれる広間が食卓となっていた。

ここには、その名の通り、歴代皇帝の肖像画が壁にずらりとかけられている。

運ばれてくるのは、宮廷用の料理ではなくロシアの郷土料理が多い。

ポーリャに国民がどのようなものを食べているのかを身体で理解させるためという女帝の教育方針の一環である。

今日はアンナに来客があり、家族三人での食卓となった。もちろん給仕たちが控えているが、純粋に家族三人での食事は久しぶりだった。といっても、普通の家族とは違うので、和気藹々《わきあいあい》とした楽しい食事にはならないのだが。

「ポーリャは、今、どんな勉強をしていますか?」

リクが問いかけると、ポーリャは愛らしい笑顔で答える。

「今日は王朝の歴史を中心に学びました。これまでのたくさんの皇帝たちのことを学ぶと、ぼくも立派な皇帝にならなければと思います」

綺麗な発音のフランス語だ。リクが子供のころはフランス語などまともにできなかったように思う。

諸外国との外交や国際社会での地位を考え、宮廷内で貴族たちはフランス語で会話をするように決まっていた。

決して欧州の列強に比べ、ロシア帝国の力が弱いわけではない。

だが、東の最果てにある国として文化的後進国と見られないためにも、昔からそのような習慣になっていた。

そのため、ここでの会話もフランス語である。食卓に出てくる料理はロシア料理、しかし会話はフランス語。何ともちぐはぐだと思いながらも、それが当たり前のような日常になっている。

「ダンスは?」

「ダンスもできます、メヌエットは得意です」

ポーリャが笑顔で言う。

「楽器は?」

ニコライは淡々と問いかける。

「チェンバロが好きです。モーツァルトが特に」

その物腰、フォークやナイフの使い方、すべてにおいて完璧だ。

さすがアンナが心血《しんけつ》を注いで帝王教育しているだけのことはあると思った。

（ぼくが子供のときとは随分違う）

内心で苦笑していると、隣に座ったニコライもそう感じたのか、少しおかしそうにふっと鼻先で笑った。

「なにかおかしいでしょうか、父上」

「ああ、おかしいよ」

ニコライがワイングラスを口に運び、頷く。

「どこかおかしいところがあったら教えてください、直しますので」

神妙な顔で言うポーリャにニコライはさらにおかしそうに笑った。

「ニコライ、ポーリャが不安そうな顔をしているじゃないか」

「いえ、あまりにもあなたが子供のころとは違うので」

ニコライはポーリャを見つめて言った。

「ポーリャ、そんなに勉強ばかりして本当に楽しいのか？」

「え、ええ、父上」

不安そうに睫毛《まつげ》をまたたかせる息子に、ニコライは諭《さと》すように言った。

「おまえのママは、五歳のときは泣いてばかりだったぞ。夜、眠れないと言って駄々をこねるので、私が何度添い寝をしたことか。絵本を読まされたり、歌を歌わされたり、ひよこ型の笛をぴゅーぴゅーと吹かされたり」

「ぴゅーぴゅー？　皇太子が？」

「……っ」

「そうだよ、ママは無邪気だったよ。おまえはまだ子供なんだ、そんなに無理していい子にならなくてもいいんだぞ」

泣いてばかりなんて言わなくても……と恥ずかしく感じながらも、確かにニコライの言うことも一理あると思った。

「それは……皇太子殿下は……オメガだから」

うつむき、小声でぼそりと言うポーリャの返事にリクは瞬《まばた》きを忘れた。

つまりオメガだから、泣き虫でも駄々っ子でもいい――という意味か。

ふっと胸が痛くなり、グラスを持つ手が震えそうになったが、リクは懸命に平静を装《よそお》った。

オメガの皇太子――自分がアルファではなく、オメガだと公式の場で発表したのは、ニコライと正式に婚姻する前のことだった。すでにつがいにはなっていたが、まだ正式な婚姻の調印もサインもしていなかった。

当初は反対の声もあったが、女帝アンナの力が絶大なこともあり、そう大きな混乱を招くことはなかった。その後、ニコライとの間にアルファの子ができ、オメガのリクが皇太子という地位についていることへの不満の声はなくなった。

女帝アンナはまだまだ健在だ、その後、リクが皇帝になったとしても、アルファの息子への中継ぎという形なのだろう、それならオメガでも問題はないだろう——と考えている貴族が殆どだったからだ。

（中継ぎか。実際、ポーリャがここまで優秀ならそうなる可能性の方が強いだろう。こんなに勤勉な子供は他にいない。さすがだ）

そんなふうに思うリクとは対照的に、ニコライはポーリャのそうした勤勉さを好ましく思っていない様子だった。

「ポーリャ、私もそうだったぞ。アルファだが、子供のころはどうしようもなかった。泣き虫で、いたずら好きで、勉強をサボって遊んでばかりで。まあ、皇太子殿下は私と違って、もう少し真面目だったが」

「つまり……ぼくにもそうしろと？」

「そうは言ってないが、おばあさまの言いつけを守って、そんなにいい子にならなくても、もっとはめを外したらいいのにと言ってるんだ。好きに遊んでもいいんだぞ」

「……遊んでって……あの……遊びって」

ポーリャが困ったような顔をする。

「もしかして……遊びがわからないのか？」

「え、ええ、そのようなことをした経験がないので」

生真面目に答えるポーリャに、ニコライがくすっと笑う。

「それは大変だ、子供なのに遊びの経験がないなんて一大事だぞ」

「え……」

「帝国の後継者たるもの、国民の大半が経験し、なおかつ好きなことくらいは知っておく必要があると思うが」

「国民は……遊びが好きなのですか」

「ああ、みんな、勉強よりも働くよりも好きだ。私と皇太子殿下だってそうだ。もう大人だが、できればいつでも遊んでいたいと思っているぞ」

「そ……そうなんですか」

ちらっと不安そうな顔でポーリャがリクに視線をむける。ニコライにつま先で足をつつかれ、リクは「え、ええ、もちろんです」とあわててうなずいた。

「どうしよう……ぼくは遊びを経験してません。それでも立派な皇帝になれますか？」

ものすごく混乱しているポーリャに、ニコライは神妙な顔で答えた。

「私が教えてあげよう。皇太子殿下と二人で、遊びという、とても偉大で大切な経験をさせてやってもいいぞ」

「本当ですか？」

ポーリャが身を乗り出す。

「もちろんだ、約束しよう。八月になったら、夏休みをとって我々の別荘で過ごそう。私と皇太子殿下で遊びなるものを教えてあげるから。女帝にはお父さまから伝えておこう」

「ありがとうございます、嬉しいです」

ほッとしたように笑みを見せるポーリャ。絵画に描かれる天使のようにとても愛らしい。

ニコライは同じように笑みを見せた。

そうした親子の姿を見ていると、この子は自分とニコライの間の子供なのだと改めて実感し、愛しさがこみあげてくる。

けれどさっきの『皇太子はオメガだから』と言うポーリャの言葉が胸に残り、リクは心の底からニコライのように息子に笑みを向けることはできなかった。


「――リクさま……どうして、もっと息子と打ち解けようとしないんですか」

帰り道、馬車の中でニコライが神妙な顔で問いかけてきた。

「え……」

「あなたの子供ですよ、彼は」

もう夜半だというのに、空はあいかわらず真昼の明るさのままだ。カーテンを閉め、リクはうつむいた。

「わかってるよ。ただ……怖いんだ、あの子がぼくを認めてくれていない気がして」

「どうしてですか」

「ポーリャは母にとって理想の子供だ。まさに皇太子にふさわしいアルファ。国の貴族たちも彼の存在があるから、皇太子がオメガでも容認している」

「要するに、息子に劣等感を抱いているのですか」

呆れたように言うニコライに、リクはうつむいた。

「あなたがそんなふうだから、彼に負担をかけているのがわからないのですか」

「え……？」

リクは目を見ひらき、ニコライを見つめた。

「子供らしい遊びも知らないまま、経験すらもしていないなんて。このままではあなたとは違った意味で悲しい子供時代を過ごすことになりかねないと心配して、夏休み、一緒に過ごそうと誘いました。家族三人、思いきり愛にあふれた時間を過ごしませんか」

「ああ、楽しく過ごせるなら過ごしたいよ、ただ」

「ただ？」

「どう接していいかがぼくにはわからないんだ。どうしても自分がオメガだからという気持ちを拭《ぬぐ》えなくて」

リクの言葉に、ニコライが小さく息をつく。

「もっと自信を持ってください。でないと、ポーリャがあなたの重荷をすべて背負ってしまうことになります」

「重荷？」

「皇太子がオメガでも彼がアルファなので貴族たちからも国民からもそう大きな不満の声はありませんでした。それは……つまりあなたの分も彼に期待が向けられているからです」

「……っ」

つまり自分が期待されていない分、ポーリャへの期待が大きくなり、それによって立派な後継者にならなければという負担が彼に大きくのしかかってしまうのか。

「どうしよう……もしかして彼が子供らしさを持っていないのはぼくのせいなのか。ぼくがオメガだから彼に……」

「ええ……と言えば、どうされますか？」

「どうって……」

どうすればいいのか。

「わからない……教育のことは母に任せているし……他になにをすれば」

「あなたにできることは？」

「ぼくには……愛……しかないかもしれない」

「なら、愛を注げばいいじゃないですか」

「ぼくが……愛しても大丈夫だろうか。不安なんだ、彼が嫌がるのではないかと思うと」

「不安もなにも、彼にはあなたからの愛こそが一番必要ではないのですか」

ぼくからの愛……。

そう、それを思う存分注ぎたいという気持ちと、こんな自分で申し訳ないという気持ちがリクのなかでせめぎ合う。

でも愛が一番必要なのだとしたら……。

試してみようか。この夏、どれだけの関係を築くことができるのか。

父からも母からも愛されていないのではないかという不安を抱えていた子供時代。

リクはニコライの存在によって救われた。ニコライの愛があったからこそ勇気を持ってオメガということを公表し、皇太子という立場を貫こうと決意した。

ポーリャには同じような淋しい思いはさせたくない。

むしろ自分が得られなかったからこそ、彼には嫌というほどの愛を注いでみたい。思いきり愛したい。抱きしめて、キスして、それから遊んで、いつも笑顔で。

「わかった、夏、三人で過ごそう。普通の親子として、幸せな時間を。ぼくは愛すること以外なにもできない。でもだからこそ深い愛で彼を包みたい」

笑顔で言うリクをじっと見つめ、ニコライが同じように微笑する。

「では、そんなふうに過ごしましょう」

「ああ」

ニコライに手を取られ、一緒に馬車から降りる。母の離宮同様に優美に整備されたフランスロココ風の幾何学模様の庭に馬車は停められている。

外はまだ明るかった。見上げると、空が異様なほどの青さだ。この季節、空の色は遅くなればなるほど濃密な青に変化していく。

夕飯を過ぎた時間帯くらいからあざやかな青を通り越して、少しずつ、どこか濁ったような濃い青さになり、空気もどことなく濁ったように、何となく重苦しくなってくる。肉体も一日の疲れを感じているので、そんな空気に包まれるといっそうの倦怠感をおぼえる。

それなのに世界はまだすみずみまで明るい。鳥たちも庭園にいる野生動物たちも活動を終え、身じろぎもしないというのに。

「昔は好きだったけど、大人になったせいかこの季節は……疲れるな」

ぼそりと呟き、庭園を抜け、宮殿の玄関扉へと続く十段ほどの階段を上っていく。

出迎えなどいいのに、十数人の使用人がずらりと扉の前に並んでいる。男女半々だ。階段の両脇には、制服姿の二人の警備兵。

「皇太子殿下、お帰りなさいませ」

うやうやしく侍従《じじゅう》が声をかけたそのときだった。ハッとしたようにニコライがリクの肩に手をかけ、立ち止まる。彼から漂う警戒感。緊迫したものを感じ、リクも足を止めた。

「どうした、ニコライ」

「リクさま……私の陰に。どこからか殺気が」

ニコライがリクを自分の背後に移動させたそのとき、庭園の茂みの陰から銃声が響いた。

バタっと、声もなく警備兵が倒れたかと思うと、小銃を手にした十数人が階段の下からこちらに銃を向けてきた。テロリスト？　暴漢？　いや、刺客だった。

「きゃーっ」

あたりにこだまするメイドたちの叫び声。だがニコライは冷静だった。彼が手で合図をすると、どこからともなく潜《ひそ》んでいた衛兵たちが現れ、階段の下にいた刺客の集団を取りかこんで銃を向ける。一瞬の出来事だった。

「その者たちを調べろ」

どんなときでも表情を変えず、素早く対応する姿に、さすがだなと改めて感心する。宮殿には、貴族の誰か、あるいは使用人に敵の内通者がいて、巧みに手引きし、こうした刺客をたまに潜《ひそ》ませていることがある。そんなとき、どのような対応もできるよう、ニコライは宮殿の警備をかなり強化していた。

「くそっ、せめて一矢《いっし》だけでも」

警備をすり抜け、男が逃げ惑っていたメイドを掴み、人質にする。リクはとっさに前に出た。

「危ないっ」

待っていたかのように男はメイドを手放し、リクに銃を向ける。「この際だ、皇太子でいいだろう、覚悟しろ」と言って男が撃鉄《げきてつ》を起こしたその瞬間。

「リクさまっ」

ニコライがリクを身体で庇《かば》うかのように立ちはだかる。

帽子が宙を舞い、長い金髪を結んでいた紐《ひも》が風に乗って飛んでいく。

「ニコライっ」

さらりとした彼の金髪が風になびいた瞬間、ニコライは両脇から二丁の銃を出して、双方に向けて放った。

ズガーン、ズガーン……。銃声が続けて四発響き、硝煙《しょうえん》のにおいが広がっていく。

「ニコライ……大丈夫か」

ニコライの放った銃弾が男たちの腕を貫通し、一人の男の放った銃弾がニコライの腕をかすめていた。

床に落ちる血。だがたじろぐこともなくニコライは、いつものように冷静に倒れこんだ男の手から銃を奪い、ねじ伏せていた。

風に揺れていた彼の金髪が肩へと流れ落ち、その横顔ごと、焔《ほのお》の色をした陽光が煌めかせる。

「……っ」

近場にいた複数の護衛に、彼らを徹底的に調べるように言ったあと、ニコライはリクに視線をむける。

「ご無事ですか、皇太子殿下」

ニコライが腿に傷を負っていた。すぐに医者を呼ばなければならない。

「ニコライ、足から血が。手からも……。いつ？」

「あ、ああ、これはあの男をねじ伏せたときにボタンか何かで」

「早く医者を」

「大丈夫です、どちらもかすり傷ですから」

艶《あで》やかにほほえむと、ニコライはほんの少しだけ小首を傾けて手首から流れる血を軽く舌先で舐めとった。

「……っ」

さらりとした金髪が彼のほおに絡まり、赤い血が奇妙なほど妖しくきらめいて見えた。夕陽を浴びているせいか、余計に。

一瞬、リクはその官能的な仕草に目を奪われそうになった。

「……」

片方だけの目をわずかに細め、ニコライが斜めに見つめてくる。こちらの様子を確かめようとするときの、その蠱惑的《こわくてき》な眼差しに奇妙なほど胸の動悸が高鳴る。

こんなときに不埒《ふらち》だと思いながらも、あまりの美しさに見惚れてしまうのだ。

「どうしましたか?」

「あ……いや、あ、あの、ありがとう、助けてくれて」

帽子を拾うと、リクはニコライに差しだした。

「いえ、あなたがご無事でなによりです」

笑顔を向け、リクから帽子を受けとろうと手を伸ばしたそのとき、彼がかすかに足元をふらつかせた。見れば、足元に血が溜まっている。

「ニコライっ、だめだ、早く医師に」

「大丈夫です、このくらい。ご心配をおかけしてすみません」

「心配……って。当然じゃないか。さあ、早く怪我の手当てを」

「あなたが無事ならそれでいいんですよ。私のことなどお気遣いなく」

「これは命令だ。侍従、ニコライの手当てを医師に命じてくれ」

リクが毅然と言うと、ニコライは小さく微笑する。

「ご命令なら従います」

「ああ、一刻も早く怪我を治すんだ。これもぼくの命令だ。いいな、一刻も早くだ」

「承知いたしました」

「手当てをしたあと、ぼくの部屋にくるんだ、いいな」

「はい、ありがとうございます」

笑顔を見せ、ニコライは侍従と共に宮殿内にある医師の部屋へとむかった。

すらりとした彼の影が、大理石の回廊に細長く伸びている。そこに落ちていく血の滴《しずく》。それを見ていると不安になる。

リクを前にすると、彼は自分の命も肉体もどうでもいいのではないかと思うほど、今みたいに無防備にリクを守ろうとする。

その一途さが怖いときがある。自分が原因で彼を失ってしまわないか――と。

考えてみれば、ポーリャもそうだ。

自分がオメガだからと劣等感を抱いているせいで、彼に負担をかけてしまっている。

(しっかりしなければ。そうだ、ぼくがみんなを守れるほどしっかりしていなければ。ポーリャもニコライも……そして母も)

そんな強い気持ちがこみあげてくる。

ニコライを失いたくない。ポーリャにもできるだけ負担をかけないでいたい。

いざというとき、家族を守れるだけの皇太子にならなければ。

## 2　未来

それからしばらくの間、ニコライは寝込んでしまうことになった。腿《もも》をかすめた銃弾が不衛生だったのか、そこから雑菌が入り、高熱を出してしまったのだ。

幸いにもこの時期、政務はそう多忙ではない。

ロシアを除く、各国宮廷の王家の者たちは避暑のため、リゾート地に向かう者も多い。

ロシアでも夏の間は、ペトログラードを離れ、涼しい離宮で過ごすようになっている。

「――ポーリャと一緒に夏休みですって？」

夏、別荘で家族三人で暮らしたいとリクが申し出ると、女帝は一も二もなく反対した。

「あなたたちの別荘に連れていくなんてとんでもない。あの子には教えなければならないことが山ほどあるというのに」

「お願いします。親子らしい時間を作りたいのです」

「でも……この前の件は？」

この前の件とはニコライのことだろうか。

「宮殿の前でニコライが刺客に傷つけられましたよね。おかげで、まだ起き上がれないという じゃないの」

「え、ええ」

「犯人の狙いはわかりましたか？」

険《けわ》しい表情でアンナが問いかけてくる。今日はいつもより顔色が悪いように思うが、疲れているのだろうか。

「はい」

リクは神妙な顔で頷いた。

犯人の狙いはニコライだった。オメガの皇太子のリクに対してではなかったのだ。

そんな、リクの陰にずっと控えているニコライを恐れている貴族たちが思った以上に多いことがわかった。

（不満はどちらかというと、ぼくよりもニコライに向けられている）

女帝の絶大な権力と、アルファの正当な後継者ポーリャの存在によって、オメガであったとしてもリクの皇太子としての地位は守られている。不満を言う者はいない。

それよりも、リクを支配し、ポーリャをも意のままに操ろうとしているのではないかとニコライを恐れる者が多いのだ。

王家の遠縁ではあるものの、ニコライは王族ではない。不満の対象となりやすいのだろう。

「犯人はニコライの存在に不満を感じている貴族でした」

「やはりね」

　ふっとアンナが冷笑を浮かべる。

「ご存知なのですか？」

「不満の声が多いことはわかっています。あなたの婚姻相手として釣りあった相手ではありませんからね」

「つまり王家の人間ではないから……ですか」

「ええ、あなたとニコライの婚姻は、特別ですからね。帝国の皇太子の婚姻は国家の一大事。本来、個人の恋愛感情とは無縁のものです。私もそうでした」

「ですが、二人の間にはすでにポーリャもいます」

　やれやれとアンナは肩で息をついた。

「あなたに別の国のアルファとの婚姻の話を持ってくる大貴族たちが多くいます」

「待ってください、ぼくはニコライと」

「ええ、ニコライと離婚、つまりつがいの契約を解消させ、別のアルファとの婚姻――つがいの契約によって、王家を強固にするのはどうかという話です」

　リクはため息をついた。

「そういう話が多数持ち込まれているのは存じています」

「大貴族たちは、本当に強欲《ごうよく》ね。余計な知恵が回るものだわ。あなたがオメガだと公表した途端、クーデターを起こすどころか、逆にあなたにどこかの王家のアルファをあてがって、自分たちの権力を伸ばそうと考えるのですから。ずる賢いことへの執念だけは一流ね」

前よりも痩《や》せただろうか。顔色だけではない。とても疲れているように見える。そのせいか、いつもよりもなにかに焦っているようにも感じられた。

「つまり自分たちの息のかかった相手とぼくをつがいにさせ、国家権力の内側に入り込もうという計画なのですね」

「そういうことよ、本当に……この国の貴族たちは、次から次へと……」

話している途中、ふいにアンナは言葉を詰まらせた。息苦しそうに顔を歪《ゆが》めたあと、胸の痛みを感じているのかそこを手で押さえた。

「胸が苦しいのですか」

「え……ええ……少し……」

「すぐに医師を呼んでまいります」

「いえ……大丈夫です……大し……た……こと……」

しかしそのまま意識を失うかのように、アンナが執務室のデスクにうつ伏せてしまう。羽ペンをさしていたインクに手がぶつかって転がり、デスクに染みが広がっていく。

「母上っ、誰か、誰か、女帝を！」

病床《びょうしょう》に伏したアンナは、心臓が弱っているらしく、医師の診断では、しばらく安静が必要とのことだった。

「かなりお疲れのようですね」

「まいったわ……こんなことになるなんて……もう年ね」

寝台のなか、アンナは困ったように呟いた。

「どうかそんなことおっしゃらないでください」

アンナがいなければこの国はどうなってしまうのか。まだリクだけでは不穏分子も不満の声もおさめることはできないだろう。

「リク、国家の安定のため、あなたに二つの選択肢を与えます。夏期休暇の間に答えを出しなさい」

アンナは手を伸ばしてきた。リクが握りしめると、さらに強く握り返してきた。

彼女の出した二つの条件。

一――ニコライと別れたくなければ、オメガということから帝位を諦め、息子のポーリャに皇太子の地位を譲り、ニコライと二人、オメガ専用の修道院に入ること。

二――皇太子の地位を保ち、将来、帝王になる覚悟があるなら、ニコライとつがいの契約を断ち、他国の王族のアルファと再婚すること。

「そんなこと……」

急に言われても答えなんて出せない。

「この国の安定のためです。私にもしものことがあったらどうするの。まだポーリャは五歳ですよ。あなたが皇帝エリク一世としてこの大帝国を守っていかなければいけないのです」

「皇帝になる以上、命がけで職務はまっとうします。ですが、婚姻は、ぼくの気持ちは……」

「あなたの気持ちなんて関係ありません。国家を背負った者は常に自分のことは後回しにしなければならないのです」

アンナは当然のように言った。

「ニコライを愛人のままにしておいても大丈夫よ。他の国のアルファと再婚し、愛人にしておくのがいいでしょう。いつでも好きなときにセックスするのは可能よ。私だってたくさん恋人はいるわ」

「……っ」

他の国のアルファにも抱かれ、ニコライにも抱かれる？

そんなこと、自分にはできない。

「夏期休暇の間に、少し……考えさせてください」

どちらを選ぶべきか。リクは答えに戸惑っていた。ニコライのためにも別れるべきなのか、とも、思う。

「それにしても、ポーリャはすごいわ」

「え……」

「生まれたときから天才的な頭脳、神々《こうごう》しいほどの美貌、未来の皇帝としての自覚。あの子は理想的な、歴史に名の残る皇帝になるでしょうね」

感心したように言うアンナの言葉に、リクは申しわけない気持ちになった。オメガで、出来損ないの皇太子。自分は母をずっと失望させていたのだ。

「ポーリャと違って……ぼくは……皇帝としての能力が欠けているということですね」

「自分でそう思うのですか?」

「ええ」

リクは小さくうなずいた。

「なら、欠けているのでしょうね」

「――――?」

「ポーリャは違いますよ、自覚しています。五歳児ながらあの利発さは驚くべきものがありますよ」

「子供らしい遊びも覚えさせたいですし、無邪気な時間も必要と思いますが」

「そんなこと……あの子は望んでいません。遊びたいのか訊いても、皇帝になる勉強がしたいと答えます。ですから、あの子の意志です」

意志？　あの子は本気でそんな意志を？　自分を見るときのポーリャの冷ややかな眼差し。オメガだから遊んでもいいと答えたときの表情。

確かに意志なのかもしれない。でもそれは本当の意志じゃない。遊びもイタズラも彼は知らない。

勉強をすることが祖母を喜ばせるから彼はそうしたいと言っているのだ。そんな気がした。幼いとき、自分も愛が欲しかった。きっと彼も。

「そうは思いません」

リクはめずらしく母に反論した。

「リク、自分がそうだからといって、あの子にも押し付けないでちょうだい」

「……押し付けるつもりはありません」

「おまえの気弱さ、気立てのいいところ、愛に一途《いちず》で、悪いことができず、陰謀も気づけず、平和を愛する部分、皇帝として必要といえば必要なこともあるけど、やはり大切なのは明晰《めいせき》な頭脳と強さよ」

「ぼくには……どちらも欠けていますからね」

「そういうところをニコライが補《おぎな》っているのはわかっています。そしてそれに不満の声が上がっているのも」

「ええ。ぼくにはそれが辛い。そう感じるのもぼくの弱さですか?」

「そうよ。貴族たちが不満の声を上げているのは、おまえのそういう弱さが原因なのですよ。ニコライが補おうとすればするほど、ニコライが目立ってしまう。おまえを支配しているようにも見えるのです」

「ではニコライを危険にさらしているのは」

「そうよ、ほかでもない、おまえの弱さなのですよ」

「……っ」

「だからそのためにも、皇帝になるつもりならば、ニコライではない別の男をつがいにしなさい。そうして自立することを覚えるのです」

自立……。自分がニコライに守られているがゆえに、彼が貴族たちから危険な存在だと思われてしまうというのか?

守らなければ……と思ったばかりだが、そのためには彼と離れるのがいいのか?

(わからない……どうしよう……なにが一番いいのか)


その日、リクと交代するようにポーリャがアンナの見舞いにやってきた。その姿をリクはこっそりと物陰から見ていた。

「ポーリャ、国家にとって一番大切なのは何かしら」

ベッドサイドに座らせたポーリャにアンナが問いかける。

「それは人です」

ポーリャがハキハキと答える。

「人？　どういう人が大切なの？」

「あらゆる人です。女帝のように国のために働く人、子供を育てる人、戦う人、食べ物を作る人、馬車を動かす人、神に祈る人……」

「そう、おまえは本当に利発ね」

アンナが嬉しそうにほほえみ、傍にいる孫の髪を手で撫でる。

「皇帝になる勉強は好き？」

「はい」

「私を支えてくれる？」

「はい、支えます」

理想の皇太子になりそうな五歳の子供。あの子に託した方がいいのだろうか。あの子がニコライの言うような無理をしているわけではなく、遊びたいのでもなく、本当に皇帝になるためだけに勉強したいと望んでいるのだとしたら――。

まだ子供だとはいえ、ポーリャの利発さは驚くべきものがある。

アンナは国家のことを考え、リクではなく、ポーリャに国の未来を託《たく》そうとしているのかもしれない。


皇太子を辞すべきかどうか。自分からやめてしまうべきなのか否か。

その夜、宮殿に戻ったリクは琥珀《こはく》の間に向かい、壁にかかったロシア正教会の十字架をじっと見つめた。

神はそれを望んでいるのではないか。だからこそ、あのように利発な息子を自分に与えたのではないか。オメガであるリクよりも。

「リクさま、こんなところにいらしたのですか」

木製の扉が軋《きし》みをあげて開き、カツ…と、革靴の足音が廊下から聞こえてきた。

「ニコライ……もう起きていいのか」

「怪我は大丈夫です。あなたこそ、どうしたのです、帰るなりここにこもったりして」

「この部屋の権利……この国の政治を担《にな》う立場の者たちにだけ受け継がれてきたこの部屋をポーリャに譲るべきなのかどうか考えていて」

「どういう意味ですか」

「ぼくは地位を辞し、ポーリャに皇太子の地位を託すべきなのかと思うんだ」

「なぜ、そのようことを。あれだけ熱心に皇帝になる努力をされていたのに」

「でも……そうすれば、ぼくはおまえと修道院に行くことになる」

リクの言葉に、ニコライは眉をひそめた。

「私も……ですか」

「そう……表の舞台から離れて、二人だけで修道院で暮らしていくんだ。この国には昔からオメガだけを集めた修道院があるのを知っているだろう？」

王族や貴族のオメガだけが暮らしている修道院。世間的には知られていないが、この広大なロシアの大地の一角に、王家附属のオメガ専用の修道院がある。オメガの発情抑制剤にもなる薬草を作っているのだが、発情期を終えたオメガたちや世間的には死んだことになっているオメガがそこで暮らしている。

「ぼくがあそこの修道院長になる。修道院長は別の棟《むね》が与えられるので二人で暮らすことも可能だ。おまえはアルファだが、ぼくとつがいの契約を結んでいるので、ぼくだけにしか刺激されない。それなら二人でそこで暮らしていくのも悪くない話だと思わないか」

「永遠に……この世に存在しないものとして……修道院で二人だけで……ですか」

ニコライは目を細め、リクのほおに手を伸ばしてきた。

「……悪くない話ですね」

うっとりとした表情で呟き、ニコライがリクの唇にキスをする。そっと優しく、柔かく包みこむようなキスをしたあと、愛《いと》おしそうにニコライはリクを抱きしめた。

「夢のようですね。あなたと二人きりで、ただただ二人きりになって、朝夕、神に祈り、自給自足をして生涯を終えることができるなんて……夢のまた夢です。神も嫉妬するほど濃厚に愛し合って、ひたすら愛し合って、そして……どちらかが死ぬときに片方も一緒に逝《い》く。それは私の理想の人生です」

ニコライの祈るような言葉。狂おしげにリクの髪を撫でながらも耳元やほおにキスをくり返してくる。そのあまりに切なげな様子に、リクはニコライの本心を察した。

「でも……できない……と言いたいんだな」

リクが冷めた声で呟くと、ニコライは「ええ」と静かにうなずく。

やはりそうか。ニコライの言葉の淋しげな響き、さも手に入らないものを渇望《かつぼう》するような口調に何となく彼の本音がわかった。

「夢のような生活ですが……修道院に入られるなら、私はあなたと別れます」

きっぱりと言うニコライに、リクは神妙な顔で言った。

「ぼくがまちがっている……というわけか」

「ええ」

「現実から逃げるなという意味か？」

「……」

返事はない。

「理由も答えも自分で見つけろと言いたげだな」

その言葉にもニコライはなにも答えなかった。こういうときは、それ以上、なにを訊いても
ニコライは答えてはくれない。

なぜ彼がそう考えているのか――。

現実から逃げるなという以上の、なにかもっと深い理由があるのか。


「ポーリャ、今日は勉強する様子を見せて欲しい」

翌日、リクはポーリャの勉強を見学に行った。

あのあと、なぜニコライが「できない」と言ったのか、理由が自分なりに見えてきたからだ。

おそらくポーリャを一人で宮廷に残せないという意味も含まれていたのだろう。

自分とニコライが修道院に消えてしまったら、誰が彼を守るというのか。女帝アンナもいつまでも元気というわけにはいかないだろう。

四方を書棚に囲まれた図書室の真ん中、丸いテーブルの前に座り、ポーリャは家庭教師から勉強を教わっていた。

フランス語、ドイツ語、歴史、数学……すべてにおいて五歳児とは思えない賢さだ。家庭教師が授業を終えても、ポーリャは書棚から新しい本をとってきて勉強を続けようとする。

「少し休憩したらどうだ？」

リクが声をかけると、ポーリャは首を左右に振った。

「いえ、もう少し勉強を」

「ポーリャ、勉強もいいけどぼくと遊ぼうよ」

リクは、昔、ニコライと一緒に遊んでいたおもちゃを持ってきていた。

「遊ぶ？　皇太子殿下と？」

「皇太子殿下じゃない。ママと……いや、リクだ、リクって呼んでくれ」

ママ……と呼んでというのが怖かった。母だとわかっていながらも、彼は皇太子殿下とリクのことを呼ぶ。

彼が認めてくれなかったら、彼がオメガの母を哀しく感じたら……と思うと。

「あ……あの、今日はね、友達のように一緒に遊ぼうと思って。昔、ぼくがニコライパパと一緒に遊んだものを持ってきたんだ」

「父上と？」

「そうだよ、こんなふうにして遊んだんだよ」

リクはひよこの形をしたラッパのような笛を口に咥《くわ》え、ぴゅーぴゅーと音を立てながら、ポーリャの隣に腰を下ろした。

「奇妙なものですね。何ですか、それは」

「ニコライパパが作ってくれたんだよ、子供のころ、ぼくに」

「父上が？」

「そう、ひよこちゃん、ぴゅーぴゅーって音がするんだ。それが嬉しくて」

リクがもう一度ぴゅーぴゅーとひよこの形の笛を吹くと、ポーリャがギョッとした顔でリクを見つめる。

「ポーリャも……吹いてみないか？」

「嫌です」

ポーリャはリクが渡そうとしたひよこの笛を突き返してくる。

「どうして嫌なの？」

「子供のようです」

「ポーリャは子供じゃないか。ぴゅーぴゅーして遊ぼうよ」

「皇太子殿下は、子供のとき、そのようなことをするのが好きでしたか？」

「大好きだったよ、これで音楽も演奏できるんだ」

「えっ」

「こんなふうに」

リクは子供が好きそうな音楽のリズムで笛を吹いてみた。

「すご……」

ポーリャがキラキラと目を輝かせ始める。やはり子供なのだ。子供らしい遊びをしたいはずだ。帝王教育だけの毎日でストレスが溜まらないわけがない。けれど祖母を思ってこの子は努力しているのだ。それが答えだ。ニコライの答えも同じ。そんな一生懸命の子供を置いたまま、自分たちだけで、二人だけの世界で暮らすことはできない。彼はそう言いたいのだ。

（それならぼくも同じだ。ぼくだって、ポーリャをこの世界に一人で残してどこかで暮らすなんてできない）

自分の勘を信じよう。

もっと勉強しなければ……と思ってしまうような、この子にそんな負担をかけているのは自分だ。ニコライもそう言っていた。リクの弱さが原因だと。

オメガであるから、自分では頼りないから、アルファではないからという気持ちから弱気になっていたため、アルファとして生まれたポーリャに負担をかけてしまっていたのだ。

そのことが少しずつわかってきた。

この六年、とにかくオメガの皇太子として貴族たちや国民から侮《あなど》られないため、自分なりに必死でやってきたつもりだ。

けれどコンプレックスがなかったわけではない。

だからポーリャの教育を母に任せてしまった。

自分では頼りないかもしれないという気持ちが心の中にあったから。

そのぶん、自分は政治の世界でオメガでも立派に皇太子の仕事が果たせるのだと証明しようと必死になってきた。

その間、ポーリャのことをアンナに任せっきりだった。

ポーリャはいい子だから、そんな周りの考えを身体のどこかで理解し、精一杯、応えようとしている気がしてならない。

小さな子に大きな負担をかけていたのかもしれない。

「こうして遊ぶのも楽しいだろう?」

もっとこの子に無邪気な遊びを教えたい。もっと守れるような親でありたい。

「皇太子殿下は……ひよこさんは好きですか?」

「ああ、大好きだよ」

「今も?」

「ああ」

「本当に?」

「ああ、だから、ポーリャにはぼくが作ったひよこさんをあげるよ。こっちの赤いリボンのひよこさんは、ニコライパパがぼくに作ってくれたもの。こっちの青いリボンのひよこさんは、リクママがポーリャのために作ったんだ」

思い切って言ってみよう。ママと呼んでくれるかどうかわからないけれど。

「リクママ?」

その問いかけに、リクは笑顔で答えた。

「そう、リクはぼく。ぼくはきみのママだから」

リクの言葉に、ポーリャが不思議そうな顔をする。

「皇太子殿下じゃなくてママなの?」

「ぼくがママだって知ってるよね?」

「知ってます。でも皇太子殿下と呼べと」

「皇太子殿下だけど、ママって呼んでもいいんだよ」

その言葉にどう反応していいのかわからなさそうに小首を傾《かし》げると、ポーリャはリクからひよこを受け取って、ピューっと吹き始めた。

「あっ、音がする」

「そう、楽しいだろう?」

「……」

「もっと吹いてみて」

「はい」

ポーリャがぴゅーぴゅーと吹いていると、彼付きの使用人のリーザ嬢が血相《けっそう》を変えて部屋に入ってきた。

「皇太子殿下、ポーリャさまに、一体、なにを」

「ポーリャと遊んでいるんだよ」

「いけません、これからポーリャ様はチェンバロのレッスンです」

「いいじゃないか、笛で音楽のレッスンをしても」

「そのような子供みたいな遊びはいけません。未来の皇帝にふさわしくないです」

「ふさわしくない？　ぼくも五歳くらいのときは遊んでいたよ」

「それは……」

リーザが困ったような顔をしたとき、ポーリャがゴホゴホと咳《せき》をした。

「ポーリャ？」

見れば、ほおが赤い。身体も熱い。

「ポーリャ、熱があるじゃないか。早く休もう」

「嫌です」

「ポーリャ……」

「ぼく……皇太子、いえ、リクママから笛を習いたいです。もっと教えて欲しいです。笛で音楽を鳴らすの、教えてください」

潤《うる》んだ泣きそうな目でポーリャがリクを見あげる。

「ポーリャさま、いけません、皇太子殿下とお呼びしろと女帝が。それにお熱があるならすぐお休みにならないと」

リーザが驚いた様子で注意をする。

「皇太子殿下なんて呼ばなくてもいいよ。ポーリャは、ぼくのことをママと呼ぶんだ」

「皇太子殿下、それでは女帝に……」

「リーザ、ぼくはこの子の親なんだぞ。パパやママと普通に呼んでほしいんだ。ぼくは親としてこの子を愛したいから」

「愛し……皇太子殿下はぼくを愛してるの？」

ポーリャが問いかけてくる。

「ポーリャ、皇太子殿下なんて呼ばなくていいから。ぼくのこと、オメガだから嫌かもしれないけど、ママって呼んでほしいんだ」

「嫌なんて……オメガだから嫌なんてことないよ」

「本当に？　だったらとても嬉しいな」

リクが微笑すると、ポーリャが眸《ひとみ》から大粒の涙を流す。

「嬉しいの？」

「あ、ああ」

「どうして……」

「どうしてって……そんなの……ポーリャが好きだからに決まっているじゃないか」

「ぼくのこと……好きなの？」

「当たり前じゃないか」

リクの言葉にさらにポロポロとポーリャが涙を流し始めた。ひくひくと嗚咽《おえつ》をあげて泣く息子にリクは戸惑いながら問いかける。

「ごめん、ぼく……なにか困ったこと、言った？　大丈夫？」

「ううん、言ってない……言ってないです」

「嫌なことがあったら言ってね。ぼくはポーリャを愛して、守っていくつもりだから」

「皇太子殿下がぼくを？」

目に涙をにじませ、不思議そうに問いかけるポーリャに、リクはコクリとうなずいた。

「そうだよ、ぼくはポーリャのママなんだから」

「でも……でも……皇太子殿下はオメガだから……だからアルファのぼくがしっかりして守っていかないといけないんです」

「ぼくがオメガだから、ポーリャが？」

「みんな言ってる。皇太子殿下の分もぼくが頑張らないといけないって。でないと修道院に行くかひどい目に遭わされるって。ぼく……皇太子殿下を守りたいんです、ぼくが守るんです……だから」

もしかして、自分を守るために、彼はあんなに必死に？

「ポーリャ……ポーリャ、いいんだよ、そんなこと……ポーリャが背負わなくても」

何てことだ。オメガだからと自分が劣等感に支配されている間に、ポーリャの心にそんな負担をかけていたなんて。彼はオメガだからリクを嫌がっているのではなく、むしろだからこそ守ろうと切ないまでに努力をしていてくれたのか。

「ごめん……ごめんね、ポーリャ……ごめんね」

「どうして……皇太子殿下が謝るのですか？」

「皇太子殿下じゃない、ママって呼んで」

「うん……ママ」

涙声で呟く彼にたまらない愛しさを感じ、リクは強く彼を抱きしめた。そしてニコライにそっくりのその絹糸のような髪にほおをすり寄せる。

ひくっ、ひくっと嗚咽を漏らしているポーリャ。ああ、どうして気づかなかったのだろう。この子の深い愛に。この子がこんなにも自分を思っていてくれたことに。

「さあ、そろそろお時間ですよ」

いつのまにか大人しくふたりの様子を見守っていたリーザが近づき、ポーリャの額に手を置く。

「ポーリャさま、やはり少しお熱があるようです。もうお休みになりましょう」

「そうだね、ポーリャ、続きはまた今度」

リクが笑みをむけると、涙まじりの目でポーリャがうなずく。リクがあげた二羽のひよこの笛人形を大切そうに抱きしめながら。

「はい……また」

「早く治してね。ゆっくり休むんだよ」

## 3　家族旅行

ママと呼んで。ポーリャのことが好きだ。

そう言っただけで彼は大粒の涙を流した。あのとき、リクはようやくポーリャと少しだけ心が通じたような気がした。

と同時に、自分が本当に彼を守らなければという強い気持ちが芽生えてきた。

「今後、しばらくポーリャの教育はぼくが担当する。女帝が体調を崩している今、代わりにぼくが責任を持ってポーリャと暮らす」

そう断言し、リクは彼を自分の宮殿に移した。

「皇太子殿下が自《みずか》ら皇子を育てるのはおかしいです」

家庭教師や彼の教育係が文句を言ってきたが、リクはそれを断行した。このままだと、ポーリャが子供らしさのない皇子になりそうな気がして怖くなったからだ。

ポーリャが自分のあげた二羽のひよこの人形をぎゅっと抱きしめる姿を見たとき、彼の淋しさ、一生懸命さがリクにははっきりとわかった。彼はオメガの母親を疎《うと》ましいと思っているのではない。そうではなく、むしろ深く愛してくれていたのだ。いじらしいほどに。

(ああいうところ……実はニコライに似ているかもしれない。自分の本心を隠し、一途《いちず》に人を愛するところが)

ニコライの、そんな愛にいつも自分は守られてきた。その上、ポーリャにまで。

「ぼくのせいで、この子は無理していたんだね」

子供用のベッドで眠るポーリャを見下ろし、リクがぼそりと言うと、ニコライが後ろからリクの肩に手をかけてきた。

「そうです、気づきましたか?」

「どうして教えてくれなかったんだ?」

「あなたが自分で気づくべきことだと思ったからです」

「おまえは……いつもそうだな」

リクは苦笑した。

「いつも？」

「もっと早くに教えてくれたら」

「でもこうならないとあなたは気づきませんでしたよね」

「ニコライ……」

振り向き、リクはニコライを睨みつけた。

「どういうことだ」

「あなたは自分の弱さから逃げようとしていたじゃないですか」

ニコライはリクの腕を掴み、琥珀《こはく》の間に移った。そして執務用テーブルの前でリクを見下ろした。

「ああ、オメガの自分に劣等感を抱いて、本当に大切なことを見誤るところだった。ポーリャに負担を与えていた」

どうしてそのことに気づかなかったのか。あの子の愛に。

「では皇帝になる道を進まれるのですね」

「そうだ。その前に皇太子としてもっと強くなるつもりだ。ただし……」

そう、それには条件がある。母から与えられた条件が。

「そのためにもおまえとは別れないといけない」

「どうしてそのようなことを」

「母の条件だ」

「嫌です」

「嫌だと言われても、ぼくが皇太子の地位を保つための条件がそれなんだ」

「そういうことですか。結局、あなたはなにもわかっていませんね。この間と言っていることが矛盾していますよ」

「でも、そうするしかないじゃないか」

「私と別れて幸せになれるのですか」

「でもポーリャのためには……」

一瞬、ニコライが押し黙る。そして。

「ポーリャのために自分の幸せを諦めるのですか？」

リクは眸《ひとみ》を震わせた。

自分の幸せ……。そんなことを言われても困る。二者択一、女帝から言われた二つの条件の一を選べば、ポーリャに負担をかけ、二を選べばニコライと別れなければならない。

「ぼくは……ぼくはいいんだ。今まで幸せだったから」

「バカなことを。では、私の幸せはどうでもいいのですか」

「え……っ」

「私を不幸にするのですか。あなたが他の男のつがいになるのを黙って見てろと？」

「ニコライ……」

「そんなこと……死んでも嫌です」

「わがままを言うな。つがいの誓いを解消してくれ。ぼくの首筋を噛んで。これは命令だ」

「わかりました、では噛みます」

「なら、早く噛むんだ」

「そのあと、もう一度噛みます」

「ダメだ」

「何度でも何度でも噛み続けます。誰もそこを噛めなくなるほどの痕《あと》をつけ続けます」

「ふざけるな」

「本気です。あなたの首筋を噛んでいいのは私だけです」

リクの肩をつかみ、ニコライはきっぱりと言った。

「でも嫌なんだ、ぼくのせいでポーリャが淋しい思いをしたり、おまえがこの前のように刺客に狙われたりするようなことがあるのは」

ニコライの指先が震える。その切なげな指の振動に、リクは狂おしく心が軋《きし》むのを感じた。

「リクさま、でも私はそれ以上に嫌なんです、あなたが他のアルファのものになるのは」

「嫌だと言われても国家として必要なことだ」

すかさず返したリクの言葉に、ニコライが眉をひそめる。

「ぼくの心は永遠におまえのものだから。それではダメか？」

祈るように告げるリクの言葉に、ニコライは眸を震わせた。

「あなたの心……」

「ああ、ぼくの愛はおまえとポーリャだけ。ただ国家のため、この肉体を他のアルファのものにするだけだ。そしてその男の子を産む」

「死にますよ、もう一回、出産したら」

「わかってるよ。おまえがそれを恐れて妊娠しないように気をつけてくれているのも」

「それならどうして」

「ポーリャを守れる存在が欲しい。彼の弟か妹が。ぼくがたとえ命を落としたとしても、新しいつがいと、おまえと弟妹でポーリャを守ってくれ」

「お断りします」

「ニコライ……」

「なぜ私がそのような偽善的な生き方をしなければならないのですか。それなら私はあなたとポーリャを連れて世界の果てに逃亡します。国家に逆らうことなど平気です。悪魔に身を売ることすら厭《いと》わないような人間ですからね」

「悪魔に身を……？」

「あなたを犠牲にしなければ成り立たない国家なら必要ありません。ぶっ潰して、あなたとポーリャを連れて世界の果てまで逃げます」

「な……っ」

「あなたのつがいは私だけです。心も身体も私のものです。あなたが他のアルファと結婚するなんてとんでもない。修道院に入って、一緒に神に祈る生活もまっぴらです」

「……っ」

「今のままでいいのです」

「今のままで？ また狙われるかもしれないのに。それこそ、ぼくのためにその目も足も怪我をして、いつ命を奪われるか。もうそんなことは……」

リクの呟きに「いえ」と首を左右に振り、ニコライが冷ややかに答える。

「そんな楽しいことは他にありませんよ」

「楽しいことだと？」

「あなたのために目を失い、あなたのために足の自由を失い、あなたのために命を狙われる。そんな幸せなこと、他にありません」

「ニコライ……またそんなことを……」

この痛いほどの一途さ。愛の深さ。ポーリャもその性質を受け継いでいるのだろう。

「そうでなかったら、私ともあろう男がむざむざと目を失うわけがないでしょう」

「むざむざ？」

「目を失っても命は失わない。ですからあなたの父親に目と足を傷つけさせたのですよ。おかげであなたの父親、もとい実の母親でしたね。あの男を失脚させることができたのです」

「え……」

「彼は私のことを恐れていましたよ。悪魔のようだと。どんなに打ちのめしても、どんなに脅しても、どんなに傷つけられても屈しなかったのですからね」

当然のように言うニコライ。ああ、その愛を前に、自分がなにをするのがみんなの幸せにつながるのか。ニコライのため、ポーリャのため、母のため、なにより国民のために。

「あなたのために、この身、この肉、この血を犠牲にできればそれも喜び。流石《さすが》に心臓までは犠牲にするわけにはいきませんが」

「ニコライ、気持ちは嬉しいが、ぼくはおまえを犠牲にしたくないんだよ」

「むしろ喜びだと言っているでしょう。私の人生はあなたゆえにあるのです」

「ぼくゆえ……って。ぼくは、そうじゃなくて、おまえにも人生を輝かせて欲しくて」

「言ったでしょう。私にはあなたしかいないと。お願いです、どうか私を捨てないでください。他のアルファのものになるなんて言わないでください」

祈るように呟き、ニコライがリクに口づけしてくる。その切ないまでの言葉に胸が痛くなるが、それならどうすればいいのか。

「ぼくだって誰のものにもなりたくないよ……愛しているのは……おまえだけだ」

本音を吐露《とろ》するリクの肩をニコライがさっきよりもさらに強く抱きしめる。

「……そう、その言葉だけでいいです」

耳元で囁かれたニコライの言葉に、リクはハッとした。泣きそうな、心細そうな、淋しそうなその声はとてもポーリャと似ている気がしたからだ。

「ニコライ……」

「どうか答えを探してください。そしてすべてを手に入れてください」

「すべて？」

「そう。未来の皇帝の地位も、私もポーリャも」

見あげると、これまでと違ってニコライが満たされたような目でリクを見ていた。その目が愛しくてしょうがなかった。

すべてを手に入れる。果たしてそんなことができるのかわからないが、彼はそれを望んでいる。それならば自分は手に入れるしかない。

「わかった……おまえは、女帝の出した選択肢からではなく、ぼく自身が答えを見つけて貫《つらぬ》けと言っているんだな」

「はい」

「……いつもそうだな、おまえは」

「え……」

「いつもいつもそうだ、いつもぼくに過酷なことを要求してくる」

リクは大きく息をつき、さも迷惑そうに呟いた。

「いけませんか」

「ああ、最悪だ。おまえのそういうところにはいつも困ってしまう」

「ですが……」

「困ってしまう、でも感謝している。そういうおまえだから必要なんだ」

リクがきっぱりと言い切ると、ニコライは救われたような顔をした。

「感謝しているよ、ニコライ。おまえが要求してくることはとても過酷だけど……すべてはぼくのため、ぼくが大きく羽ばたくための要求だとわかるから」

「わかってくださるのですか」

リクは「ああ」とうなずいた。

「ニコライ、ぼくが覚悟しなければいけなかったんだ」

自分から彼のほおに手を伸ばし、リクは誓うように言った。

「オメガであると宣言をした以上、オメガの王として立派に国を守ることがぼくのやるべきことだ。おまえも母もそしてポーリャをも守るために」

「リクさま……」

「皇太子の地位を譲るのでもなく、他国のアルファの王族の力を借りるのでもなく、ただ一人、オメガとして自分の力で立つことができてこそ、真の王であり、オメガでも王としての資質があることを国民に示すことができる。だからぼくは一番過酷な道を選ぶよ」

「本気ですか」

「ああ。だから命令だ、最後まで付いてきてくれ」

リクはニコライにほほえみかけた。

「オメガだろうがアルファだろうが関係ない。一人の人間として、女帝以上に、そしてもちろん息子にも負けないような、立派な王になる。おまえは、その王を陰からも日向《ひなた》からも支える伴侶として、一生、共にいて欲しい」

悠然と言うリクに、ニコライはこれ以上ないほど幸せそうに微笑すると、神妙な顔つきになり、床に膝をついた。

そして誓いを宣言するようにリクの手をとり、そこにキスをしてくる。

「承知いたしました」

「ニコライ……」

「お誓いします。永遠の愛と忠誠を。永遠の伴侶、唯一のつがいとして」

ニコライの覚悟と愛の深さ。それがあれば自分は大きくなれる、と思った。

アルファもオメガも関係なく、ただ一人の人間として。

改めて、自分の立場を自覚し、ニコライとポーリャを守るために、誰の力も借りず、息子にも譲らず、自分が王となるという決意をアンナに伝えることにした。


アンナに自分の考えを書いた論文を提出したのは、夏期休暇に入る前のことだった。

八月にはそれぞれが避暑に向かう。

七月最後の日、リクはすぐにアンナのところにくるようにと呼びだされた。

ロシア帝国の威信《いしん》をかけたようなその離宮からは、その日、みごとに晴れわたった空と短いロシアの夏の緑をあざやかにのぞむことができた。

「――そこに座りなさい。今、ワインを用意させますので」

部屋に行くと、黒いドレスを着たアンナが窓際にたたずんでいた。

「リク……」

アンナはひどく澄んだ眸で話しかけてきた。

「あなたが提出した論文。素晴らしかったわ」

「え……」

「フランス革命の啓蒙《けいもう》思想の弱点、それからロシアの農奴《のうど》制について。これからの外交のあり方、あなたがここまで考えているとは夢にも思いませんでした」

どうしたのだろう、いきなり。

内心で小首をかしげながらも、リクは毅然《きぜん》と返した。

「……フランスでの革命は、その後の国家の混乱を招いたように思います。しかしあれはフランスだから起きたことであり、アメリカ独立のために支払った金銭の代償こそがあの国の国庫の破綻《はたん》を招いたものと推測できます」

「私もそのように思います」

「ですが、我が国は領土の広さが違います……」

そして論文の内容、今後の外交のあり方についてリクは自分の意見をいつになく堂々とアンナに説明した。

自分に足りなかったのは、オメガというコンプレックスゆえの自信のなさ。

決して知性がないわけではないはずだ。けれどないものだと最初から思い込んでいた。

強さにしてもそうだ。アルファでないから弱い、発情期があるからダメだ。

最初から自分を否定してしまっていた。それがポーリャに負担をかけ、アンナを疲れさせ、ニコライを危険にさらしていた。

そのことがはっきりとわかった。

愛する家族を守りたい。そのために自分がなすべきことを堂々としていこう。

リクははっきりそう決意していた。

「ニコライがあなたこそ王にふさわしいといつも言い続けていた理由がようやくわかりました」

女帝はこれまでになくおだやかな表情で微笑みかけてきた。こんな彼女は初めてだ。

「どういうことですか？」

グラスをテーブルに置き、リクは母に問いかけた。

「弱さを持っているからこそリクは強い。と、いつだったか、ニコライが私に言ってきたのです。その意味がわかりました」

最初は一瞬けなされているのかと思ったが、どうやら誉め言葉のようだ。

「どういう意味ですか」

「あなたは自分の劣等感と常に戦っています。強い人間には決してわからない弱さを抱えた人間ゆえの強さ。そこから伸び上がっていくたくましさ。それこそがこれからの国家に必要なのだと彼は言うのです」

「それこそが」

「そう、他人の痛み、弱いものの痛みや苦しみがわかるからこそ、君主として国民のために何をなすべきかリクが一番よくわかると」

ニコライ……彼はそこまで考えてくれていたのか。自身を悪魔だと毒づきながらも、本当のところ、実際の彼はリクにとって父にも等しい存在なのかもしれない。成長とその行く末を大きな眼差しで見つめ、深い愛で包みこんで。

「ポーリャをあなたに返します」

「母上」

「彼に必要なのはあなたの愛でしょう」

「そう……ですか」

「いずれおのずと結果となってあらわれるでしょう。……それで再婚のことですが」

リクはごくりと息を呑んだ。そっとグラスをテーブルにもどして顔をあげると、静かな母の目が自分をとらえていた。

「わかってますよ、ニコライと別れる必要はありません」

「本当にいいのですか?」

「ええ」

リクは立ちあがって母の前に歩みよった。

「ありがとうございます」

間近にきたリクをちらりと一瞥《いちべつ》したあと、アンナは外に視線をむけてぽつりと呟いた。

「私は女帝として、次の皇太子に一番ふさわしい伴侶がニコライと思っただけです」

そこまで呟き、アンナはひと呼吸おいた。

「あなたがどのような答えを出すか不安でしたが」

ふっと嘲笑《ちょうしょう》したアンナに、リクはまぶたが熱くなってくるのを感じた。

こみあげてくるものに眸《ひとみ》を潤《うる》ませながら、リクは唇を噛みしめた。

「さあ、ポーリャとニコライと三人で楽しい夏休みを過ごしなさい」

「え……いいのですか」

「ええ。あなたたちは未来を切りひらくために自分たちで扉をひらいたのです」

「母上」

「あなたは私よりも立派な王になるでしょう」


ロシアの短い夏。その年、三人は初めて親子で夏を過ごすことにした。

「着きましたよ」

三人の乗った馬車がペトログラード郊外の広々とした海辺に着いたとたん、ポーリャが嬉しそうに窓から顔を出す。

「わあっ、海だよ、海だよー」

海岸に打ち寄せる波。キラキラと光を浴びてきらめいていた。

「すごいっすごいっ、鳥が飛んでいるね」

はしゃいだ声をあげて喜ぶ息子の姿を、リクは安堵した気持ちで眺めていた。

三人で暮らすようになり、ポーリャが少しずつ子供らしくなっている。

帝王教育は行なっているものの、子供らしさも必要だと思い、ニコライがいろんなことを教えている。

まだ五歳になったばかりだが、アルファなので七、八歳くらいの知能があるとか。

体格もいい。それに運動神経もいいらしい。

「ぼく、今日は馬に乗りたいな。パパ、馬に乗る方法教えて」

「ああ、いいぞ」

「それならぼくも。ぼくは乗馬大会に出るほど得意なんだ」

「じゃあ、三人で乗ろうよ」

「いいね。パパとママの好きな場所を案内するよ」

別荘に着くと、使用人たちに荷物の整理を任せ、早速、お弁当を持って三人で遠乗りに向かうことにした。

馬具を簡単にとりつけて馬に乗る。

別荘の裏には、小高い山々や丘が連なり、その向こうには何と海がある。

森を通り抜け、海辺の人気ない教会のあたりまで行くと、ゆっくりと乗馬を楽しめる浜辺があるのだ。めったに人がくることがないので、子供のころからのニコライとリクのお気に入りの場所だった。

「ここは昔、パパがママを連れてきて、一緒に乗馬のレッスンをしていた場所だよ。二人だけの大切な思い出の海辺なんだ」

「そこにぼくもきていいの？」

「当然だ、そこにポーリャを連れてくることができて、パパはとても嬉しいよ。ママだってそうだ、なあ、リク」

リク……。初めて敬称をつけずに呼ばれ、リクは大きく目をみひらいた。妙にドキドキする。

「ニコライ……」

「ここにいるとき、きみは皇太子ではなく、ただの私の伴侶だ。ふつうの伴侶として、愛妻として、ポーリャの父と母としてここで過ごしたい」

ニコライの言葉に胸が熱くなる。そんな夢のような時間が過ごせるなんて――。

「いけませんか？」

「ま、まさか。そうしよう。ぼくもそうしたいから」

ツンドラ地方という土地柄か、八月だと言うのに、あたりの草原はすでにうっすらと秋めいた色に染まっている。

北極圏特有の草花は、八月のさわやかな陽差しを浴びてあざやかに輝いている。

海面には、周囲の雄大《ゆうだい》な岩山々がくっきりと映しこまれていた。

一枚の絵画、いや、天国のような美しい世界が三人をとり囲んでいる。

浜辺に進み、三人で平原を馬で駆け抜けた。

「うわ、綺麗だね、すごいね」

楽しそうに声を上げるポーリャ。

海から流れてくる風は、澄みきって心地いい。きらきらと光に映《は》える花々。そして北極圏の大地を黄緑に染めているこの地方だけの繊細《せんさい》な草原。

やがて古びた中世時代の造りの木造のロシア正教会にたどり着く。夢のように美しい風景が広がり、ニコライとリク、ポーリャを包んでいる。

そうして乗馬を楽しんでいると、ぽつり……とほおに落ちてくる水滴を感じた。

「え……」

はっとして見あげると、南の空が曇《くも》っている。夜のような暗さ。重々しい雲が怪しい収縮をくり返してこちらに近づいてくる。

通り雨だ。この地域の天気は、一日に何度も変化する。晴れていても、一分後にいきなり大雨が降ることもある。

「雨宿りしよう。ポーリャが風邪をひいてしまう」

海に背をむけ、ニコライはポーリャを自分の馬に移動させて胸に抱くと、そのまま彼の馬を引っ張りながら教会へとむかった。愛しそうにポーリャを自身の身体で雨から庇《かば》う姿。見ていると胸が熱くなり、リクの眸に涙がこみあげてきた。そういえば、昔もこんなことがあった。ニコライと二人、乗馬にきて、雨に降られたことが。そのときもあんなふうに彼は身体で雨からリクを守ってくれた。

「……寒……っ」

ポーリャがぶるっと身震いする。夏でもこのあたりは雨が降ると寒い。ニコライが暖炉《だんろ》に火をつけ、その前に長椅子を用意してくれた。そのまま三人で肩を寄せ合って火に当たる。

「わあ、パチパチ、パチパチいってる。すごいね」

「ああ、ロシアの薪《まき》には妖精がいるんだよ。とっても優しくて、幸せな気持ちになる妖精が」

「妖精？　本当に妖精なんているの？」

ポーリャがリクに問いかけてくる。リクはその濡れた髪をそっと手でぬぐい、彼の額にキスをして「ああ」とうなずいた。

「いるんだよ。愛の妖精。ほらね、こうして三人で身体を寄せあっていると、とてもあたたかくなるだろう？　妖精さんが三人の愛のためにあたたかくしてくれているんだ」

昔、ニコライが読んでくれた絵本を思い出しながらリクが言うと、ポーリャは嬉しそうにリクの肩にもたれかかってきた。

「そうなんだ、素敵だね、パパとママとぼくの愛。あたたかくて素敵だね」

赤い炎にあたっているうちに、リクの腕の中でポーリャがうとうとと眠り始めた。

愛しい我が子。こんなふうにしていると、最初からこの世界にこの三人しか存在していないような気がする。

「ポーリャ、どんな大人になるのかな」

「あなたに似て、きっと誰よりも愛らしい青年皇子になるでしょう」

「そうかな、ニコライに似て、凛々《りり》しくも美しい皇子になると思うけど」

笑顔で言うリクのほおにニコライがそっとキスをする。

リクの肩を抱き、ポーリャごと抱きしめるニコライ。

二人の胸の間に包まれ、無邪気な顔で眠るポーリャ。

そのとき、床にゴトッとなにかが落ちる音がした。ひよこ型の笛が二つ。ポーリャの上着のポケットからポロリとこぼれ落ちたらしい。

「ポーリャ、こんなものを……」

それを拾い、ニコライはそっとキスをしてポーリャの上着に戻した。愛に満ちたその光景に胸が熱くなり、リクはいつしか眸に涙をいっぱい溜めながら二人にほほえみかけていた。

なんて幸せなのだろうと思った。自分で自分の大切なもの、その存在を守りたいと思ったからこそ、この幸せがあるのだということをリクは噛み締めていた。

赤い炎が揺れている。

その光を受けて、ニコライのほおもポーリャのほおも朱に染まっている。こうして見ると、本当にここにいる三人が家族なのだと実感する。

「夢のようだな、ニコライ」

息子の金色の髪に指を絡めながらリクはぼそりと呟いた。

「夢のよう？」

「ポーリャ……それからニコライ、そしてぼく。三人でこんな幸せな時間をこれからも毎年のようにここで過ごしたいな」

「ええ、過ごしましょう」


その夜、ポーリャを寝かせたあと、リクはニコライと狂おしく求めあった。

純白の大理石に囲まれた別荘の、青いカーテンが揺れる海の見えるバルコニーに面した寝室のベットで。

「リク……リク……」

ニコライの熱い唇が耳裏を嬲《なぶ》り、耳朶を甘く噛んでくる。

「……っ」

ブラウスをはだけられ、首筋に胸にと熱っぽいくちづけをくりかえされ、背筋が震えてくる。発情期でもないのに、そのときよりも濃厚に淫《みだ》らにニコライが欲しくなっているのはどうしてだろう。甘いくちづけにたちまち全身がほぐされて快感をおぼえている。それだけではない、魂まで喜びを感じているのがわかる。

「今夜はぼくからするよ」

リクを腕の下に引きこもうとしたニコライの動きを止める。

「今……何て?」

「これからは時々ぼくからするよ。いや、させて欲しいんだ」

「どうして」

「対等でありたいから」

「対等?」

「おまえがぼくをリクと呼んでくれたから。ぼくはおまえの対等な伴侶として、自分からも求めたいんだ。オメガもアルファも対等な人間であると信じているから」

リクが祈るように言うと、ニコライは満たされたように微笑した。

「私もそうです」

「そう言ってくれると思ったよ」

じっとニコライの眸を見すえ、リクは彼をまたいだ。

「リクさま……」

「静かに」

リクはニコライのブラウスをそっとはだけ、彼の乳首や腕のあちこちに残っている銃痕《じゅうこん》や剣のあとを指先でなぞっていった。色が薄くなっているものもあれば、まだ治ってから日が浅いものもある。

「これは…すべてぼくへの愛ゆえに刻まれたものだな」

「はい」

愛しかった。彼の傷も彼もなにもかも。幸せ、本当の幸せとは何なのか。

ニコライがリクの乳首に同じように触れてくる。

「ん……っ」

「ここ、発情期じゃなくても感じるのですね？」

「いちいち訊くな。なにもかも知ってるくせに」

「そう……でしたね」

ニコライは口元をほころばせた。

「ああ、いつでもあなたは私に触れられるとよくなってしまうんでしたね」

彼の幸せそうな笑みをしみじみと見つめ、リクはふっと微笑を漏らした。

「かわいいな」

ぼそりと呟くと、ニコライが眉をひそめる。

「自分でかわいいと言うのですか」

「いや、おまえがだ」

「え……」

「ぼくの反応に喜んでくれるおまえがたまらなくかわいいんだよ」

素直に自分の思いを口にしたのだが、思いの外《ほか》、気に入らなかったらしく、ニコライは忌々しそうに眉間のしわをさらに深めた。

「よくもそんなことを……少しお仕置きしないといけませんね」

ニコライはリクの腰をひきよせ、半身を起こし、下から首筋に顔をうずめてきた。肌に喰らいつかれ、リクは息を詰めた。

「ん……あっ」

こちらからすると言ったのに、これではいつもと変わらないではないか。

激しく乳首を舌先で嬲られると腰の奥が熱くなっていく。たちまち身体に火がついたようになり、息が荒くなってしまう。

いつのまにか主導権を奪われ、執拗《しつよう》に胸の粒を舌で揉《も》みこまれていた。

「ああ……あ……ふ……ああ」

困った。心地いい。この夏は始まったばかりなのに。けれどこうして二人だけで互いの本能のまま愛を確かめるような時間を過ごしたい。

「あ……あぁっ」

もっと昂《たかぶ》りたくて、翻弄《ほんろう》して欲しくて、リクは喉からせがむような声をほとばしらせてしまっている。

「あ……もっと…欲し………っ」

ニコライの背に手をまわし、上から覆うようにその唇を貪《むさぼ》る。

「……お願い」

「え……」

「ぼくから……おまえを嵌《は》める。……だから……じっとしていて」

リクは息を荒げながらも、ゆっくりと彼の肩に手を掛け直してそっと腰を移動させた。

「ニコライ……好きだよ」

リクの腰を彼の手が支えるのを感じながら、ゆっくりとそこに自身を落としていく。先走りの彼の蜜《みつ》が割れ目を濡らし、後孔《こうこう》のふちに鎌首がぶつかってくる。なんて硬質で、熱い切っ先だろう。こんな大きなものが体内に挿るのかと思うが、リクの体内はいつも根元まですっぽりと咥《くわ》えこんでしまう。そしてそれとつながるたびに、全身が快楽と歓喜でいっぱいになる。

「ああ……あああっ」

欲しい。下から貫かれたい。そう思いながらも、ひざが揺れてうまく呑み込めない。それに気づき、ニコライの手がリクの腰をつかみ直す。すっと身体が浮いたかと思うと、彼の亀頭の先が軽く入りこみ、甘い痛みが疾《はし》る。

じわじわと肉の輪を広げてむっくりと膨《ふく》らんだ肉塊《にくかい》が体内を埋め尽くしていく。その痛みに身をよじったすきに、グイッと肉棒が下から挿《はい》りこんできた。

「あ……ああっ……っ…く……っ……」

ああ、ニコライだ。彼の脈を体内に感じ、どくどくと粘膜《ねんまく》に伝わる脈動に、じんわりとリクの性器の先端からも生暖かな蜜がにじんでくる。

「リク……すごい熱だな」

「ニコライ……おまえこそ……すごい」

抽送《ちゅうそう》するように腰を動かしながらリクは快楽を感じる場所へニコライの肉塊を導いていった。リクの粘膜はすでに快楽を求めて蠕動《ぜんどう》し、熱を孕《はら》んでいる。彼がすっぽりと根元まで侵入してくると、待ちわびていたかのように、なやましく収縮してそれを締めつけてしまう。

「もっと……そこ……いい……いいっ」

守りたい。愛したい。これから先も自分が守っていく。

そんな気持ちのまま、その背に腕をまわすと、さらに深々と突きあげられ、そこから芽生える異様な刺激にリクは甘ったるい嬌声《きょうせい》をあげた。

「ああ……ぁ……っ」

大きく身をのけ反《ぞ》らせ、肉体の深層部に広がっていく至福と快楽の波にリクは意識を酔わせていた。

「リク……好きです……リク……」

「ん……あ……ニコライ……」

ニコライにまたがったまま身をよじらせるリクの背を抱きよせるその腕にしがみつき、無意識のうちに眸から涙を流す。

「……好きだ、おまえがぼくのすべてだ」

囁いた瞬間、ニコライの動きが止まった。

「それなら私の方が……。天国でも地獄でもお供すると誓ったでしょう」

「いいのか」

「いやですか、このような男は」

いやもなにも。嬉しくて涙が出てきそうだった。

そのまっすぐさ。執着が愛おしい。

「まさか。嬉しいよ、ずっとそばにいてくれ。ぼくが死ぬまで」

リクが言うと、ニコライは手を近づけ、その濡れた頬を指先で撫でてきた。

「もちろんです」

「いつかポーリャの親としての役目を終えても……おまえとぼくは変わらないから」

「わかってます」

そう囁く二人の身体を窓からの風が撫でていく。

「もう夜が暗くなってきたな……」

「はい、白夜《びゃくや》の季節はもう終わろうとしています。夏のあと、これから秋がやってきます。そして冬が」

冬。前は冬が怖かった。

けれど今は楽しみだと思った。

冬、ペトログラードで家族三人でどんな時間を過ごそうか。

そんなことを考えながら、リクはニコライを求め続けた。

白夜の季節は終わり、うっすら薄紫色の闇に包まれた空がバルコニーの外に広がっていた。

どこまでも果てしなく。

# あとがき

AFTERWORD

—華藤えれな—


こんにちは。このたびはお手にとって頂き、ありがとうございます。

今回は、ロシア宮廷が舞台のオメガバースです。ロシアといってもオメガバースなので、全てが架空の世界の出来事ではあります。でも女帝のモデルはいます。誰か、わかりますよね？その昔、ロシアの宮殿にある「琥珀《こはく》の間」について別名義で評論を書いたことがあり、そのときの琥珀の不思議な印象をベースに書いたお話です。現地にも取材に行ったので、そのあたりの雰囲気だけでも出ていたら嬉しいです。

テーマは、前半部分は、掲載された雑誌の「両片想い特集」がベース。内容は年末のテレビの特番である時代物のロシア宮廷編……みたいな展開を目指し、調子に乗ってニコライを執着健気《けなげ》攻にしました。「一途すぎてちょっとおかしいのでは？」「もう変態の領域かも」という異様な執着攻を書くのは久しぶりですが、吹っ切れたキャラというのは楽しいですね。が、アンケートの結果は……ニコライもとても愛され、リクへの応援の声もたくさんありましたが、一番支援の声が多かったのは女帝でした……。そういえば、彼女も吹っ切れたキャラでした。

書き下ろしの後日談は、ポーリャを含めた王家の家族の絆《きずな》がテーマ。ちょっと王家ゆえの後日談的な問題も交えましたが、ギクシャクした家族が愛と絆を深めあう方をメインテーマにしました。今後はニコライがイクメンとして頑張って、さらに絆を深めてくれると思います。二人目は、ニコライの献身によってリクが健康を取り戻して……と、ご想像くださいね。

ミキライカ先生、ご多忙のなか、ありがとうございました。雑誌掲載時、ニコライのかっこいい軍服姿、リクの艶《つや》っぽさにドキドキしながら身悶《みもだ》えしておりましたが、表紙のポーリャも金髪サラサラで本当に可愛くて嬉しいです。ロシアの夏や冬の風景もとても美しく、さらに二人が艶《なまめ》かしい美しさで大歓喜しております。ご縁をいただけまして大変幸せです。

担当様、いつもありがとうございます。のんびりとろとろしてご迷惑をおかけしてばかりで本当にすみません。懲《こ》りずに今後もご指導いただけましたら幸いです。どうぞよろしくお願いします。編集部の方々、制作に関わってくださった方々にもこの場を借りて御礼を。

何よりもここまで読んでくださった皆様に心からの感謝の気持ちを送ります。ちょっと変わったお話ですが、オメガバースならではの葛藤《かっとう》等、楽しんでいただけましたら幸せです。

そして雑誌掲載時、アンケートで応援してくださった皆様、本当にありがとうございました。おかげさまで文庫化にいたりました。

どこかしら、少しでも好きになっていただけるお話だったら嬉しいです。感想など、一言でもお寄せくださいね。では、どこかでまたお会いできることを祈って――。

# ポーリャの甘くておいしい日記帳

夏の間、毎朝、ちゃんと日記をつけて、一冊、書き終えるごとに届ける——というのが女帝アンナから孫のポーリャに与えられた課題だった。

「いいですか、ポーリャ、日記のことは両親には秘密ですよ。皇太子が心配しますからね」

「はい、承知いたしました、女帝陛下」と約束したのもあり、その朝もポーリャは、両親が寝ている間に早起きして前日のことを日記に記《しる》していた。パパとママはいつもゆっくりと眠っている。隣の部屋で二人同じ寝台で。ポーリャには一人で寝ろというのに、どうして自分たちは一緒に寝るのだろう。そんなことを考えながら、ポーリャは日記を記し始めた。

——昨日は、父上が皇太子殿下とぼくのために料理を作ってくれました。

そこまで書くと手を止め、ポーリャはため息をついた。女帝から「皇太子殿下」と「父上」と呼ぶように言われているのでそう記しているが、本当はパパとママと呼びたい。なので、いつも先に目を閉じ、脳内でパパとママという形で自分なりの日記を綴《つづ》ってみるのだ。

昨日は、パパがポーリャとママのためにたくさんおいしいご飯を作ってくれた。

ソリャンカというスープ。トマトをベースにしたスープで、燻製《くんせい》のソーセージ、ピクルス、玉ねぎ、オリーブが入っていて、サワークリームとレモンをトッピングするらしい。

「これはパパの実家の領地の名物スープで、ママの大好物なんだ。食べてみなさい」

トマトのまろやかな味が口のなかに溶けてとてもおいしいスープだった。

「うわっ、おいしい。パパ、お料理が上手なんだね」

「ああ、ママが好きなものは何でも作れるんだよ。ママはこれも好きなんだ」

次は苺《いちご》の砂糖煮《ヴァレニエ》だった。たっぷり煮こんだ苺にとろとろのシロップをかけ、ちょっとだけレモンを絞《しぼ》って食べる。ジャムと違って、苺の形状は残したままにしなければならない。

「ほら、リク。味見して」

パパがスプーンにシロップのかかった苺をのせてママの口元に運ぶ。ちらっとポーリャをいちべつしたあと、上目遣いでパパを見るママはとても可愛くて綺麗だ。目元が震えて唇がちょっと濡れている。ママが唇をうっすらと開けると、パパがクイっと苺ごとスプーンでそこをこじ開けて口内に果実を押しこむ。ママはちょっと恥ずかしそうにして口を動かす。じゅわっと甘酸《あまず》っぱい苺の匂いがしてきた一瞬、胸の奥の方がきゅんとした。どんなに甘い果実の砂糖煮を口に含んだときよりも甘く、どんな苺を食べたときよりも甘酸っぱくて……不思議な甘い痛みのような感じが胸に広がる。こんなにきゅんきゅんしたのは初めてだった。

「あ……あの、おいしいの？　ぼくも……ママに……食べさせてあげるよ」

「うわっ、ありがとう、ポーリャがくれるんだ。嬉しいな、とっても幸せだよ」

ママの笑顔が大好きだ。美術館の聖母よりもずっと優しそう。きっとまたきゅんきゅんすると期待していたポーリャだったが、苺を掬《すく》ってスプーンを差し出した瞬間、いきなり横からパッとパパがそれを食べてしまった。えっとポーリャはスプーンをにぎったまま固まった。

「ああ、なかなかいい味だな」

「ちょ……ニコライ……せっかくポーリャがぼくにくれるって」

「まだ早いんだよ、ポーリャには」

何だろう。ちょっとパパが意地悪に見える。おもちゃを取られた子供みたいだ。

「ママに食べさせるのは、パパなんだよ。いいな。ポーリャはダメなんだ」

「もう、ニコライは変なことを。わかった、じゃあポーリャにはぼくが食べさせてあげるね」

「あ、ううん、大丈夫。ぼく……自分で食べられるから」

「いいから、食べさせてあげるよ。ほら、あーんして。ね、ほら、早く」

ママがスプーンに苺をすくってポーリャの口元に突き出してくる。さっきとは違って、今度はドキドキしてきた。甘くてふんわりとしたドキドキ。それなのに、またパパがパクッと食べてしまった。ポーリャは再び硬直した。ポーリャだけではない。リクも固まっている。

「ママが食べさせていいのはパパなんだ。作ったのはパパだから、パパに優先権があるんだ。

作った人しかできないんだよ。だからポーリャはパパが食べさせてあげよう」

そう言ってパパがスプーンに苺を乗せて食べさせてくれる。でもドキドキはしない。お菓子は甘くてまろやかでとってもおいしかったけど、きゅんきゅんもドキドキもない。

「あの、パパ、このお菓子の作り方、教えて。作った人が食べさせてもいいなら」

「……おまえが作るのか？」

ひどく不機嫌そうだ。ポーリャはそう言ったほうがいい気がして祖母の名を出した。

「あ、あの女帝のアンナさまに。そう、おばあさまに作って、食べていただきたいから」

「わかった、それならいい。女帝陛下のため、しっかり作るんだぞ」

安心したような顔をしている。変なの。でもママにも作ってあげるつもりだとは言わない。


——結局、父上は苺を全て自分の手で皇太子殿下に食べさせましたが、ぼくは自分で食べました。皇太子殿下はとても幸せそうな顔で食べていました。あの二人は、今朝も一緒に寝ていて、なかなか起きてこようとしません。

そこまで書くと、ポーリャは日記を閉じて窓辺へと向かった。窓を開けると、夏の朝にしか味わえない澄んだ空気がポーリャを包む。ツンドラ地方特有の、ちょっと淋しい感じの草原が広がり、朝の光を浴びてキラキラと煌《きら》めいている。海からの風がサーっと吹き抜けるのが心地いい。ここにいると、ポーリャは自分がまだ子供でいていいのだということを感じる。ママを守らなくてもいいのだと思える。パパがママも含めて自分も守ってくれているからだ。それまでのポーリャは自分がママとパパを守らなければと思っていた。

いつだったか、宮廷で女帝の側近たちが話しているのを耳にしたことがあるからだ。『オメガでも皇太子として認められたのは息子がアルファだったからだ。女帝の権力が絶大なのもあるが、オメガの皇太子なんてありえない。しかも長年国民を騙《だま》して……。本来なら処刑ものだよ。皇太子もニコライも、あの息子がいなかったら、とっくに殺されてただろうな』

オメガだからママになれたけど、オメガだから皇太子になれない？ ポーリャがいないとママは殺されていた？ パパも？ オメガってなに？ アルファってなに？ よくわからないけれど、オメガは男でも母親になれるらしい。その代わり、皇太子にはなれないの？

それを訊きたかったが、皇太子に会うと、緊張してポーリャはうまく喋《しゃべ》れなかった。というのも『皇太子は命がけでポーリャを産んだ。そのため、生死のきわをさまよって半年間寝こんでいた。だからポーリャは女帝が代わりに養育した』と女帝から聞いていたからだ。

命がけでこの世にポーリャを誕生させた。ポーリャのために、死にそうになった。それなのに回復しても、オメガの皇太子だから処刑されるかもしれないなんて。しかもパパも。

それなら自分がママを守らないと。ママとパパを守っていこう――と決意した。

神さま、どうかママとパパを守ってください。ポーリャが一生懸命がんばって皇帝になります。だからママを奪わないで。パパを奪わないで。ポーリャは勉強が大好きです。楽しいです。

ポーリャががんばればがんばるほど、ママとパパが幸せになるのだから。

ポケットから出したひよこの笛。ママがくれた。パパとママが作ったものをそれぞれママがくれた。このひよこを見ていると、きゅんきゅんもドキドキも感じない代わりに、ふわふわとした幸せな気持ちになる。ありがとう、ママ、ありがとう、パパ……という気持ちとともに。

そういえば、まだ書いていないことがあったと、ポーリャは昨夜のことを思い出した。


「ママはポーリャの妹か弟が欲しいな。ポーリャを支えてくれるような優しい子が。もうだいぶ身体も元に戻ってきたし、そろそろいいんじゃないかって、この前、医師が」

「それなら健康になるよう、私が毎日きみの食生活を担当しよう。それから夜の務めも、今後、子作りをどうするか検討しよう」


父上と皇太子殿下はぼくに弟か妹を作ってくれるそうです。そのため、父上が料理と夜のお務めに励《はげ》むそうです。料理はわかりますが、夜の務めというのは何なのでしょうか。それで元気になるのならぼくも知りたいです。――とそこまで書き、ポーリャは日記のページが最後になっていることに気づき、新しい日記帳を取り出した。

次から二冊目だ。その前に一冊目を、今日、祖母に届けさせなければ、と思いながら。

この本を読んでのご意見、ご感想などをお寄せください。
華藤えれな先生・ミキライカ先生へのはげましのおたよりもお待ちしております。

〒113-0024　東京都文京区西片2-19-18　新書館
[編集部へのご意見・ご感想] ディアプラス編集部「愛されオメガの婚姻、そして運命の子」係
[先生方へのおたより] ディアプラス編集部気付　○○先生

- 初出 -
背徳のオメガ～ロシア宮廷秘話：小説DEAR+18年アキ号（Vol.71）
溺愛の子～ロシア後継者誕生秘話：書き下ろし
ポーリャの甘くておいしい日記帳：書き下ろし

[あいされおめがのこんいん、そしてうんめいのこ]
**愛されオメガの婚姻、そして運命の子**

著者：**華藤えれな** かとう・えれな

初版発行：2019年5月25日

発行所：株式会社 新書館
[編集] 〒113-0024
東京都文京区西片2-19-18　電話（03）3811-2631
[営業] 〒174-0043
東京都板橋区坂下1-22-14　電話（03）5970-3840
[URL] https://www.shinshokan.co.jp/

印刷・製本：株式会社光邦

ISBN978-4-403-52482-0 